子《こ》ども寄《よ》席《せ》

春　夏

六代目《ろくだいめ》柳亭燕路《りゅうていえんじ》作《さく》

二俣英五郎《ふたまたえいごろう》絵《え》

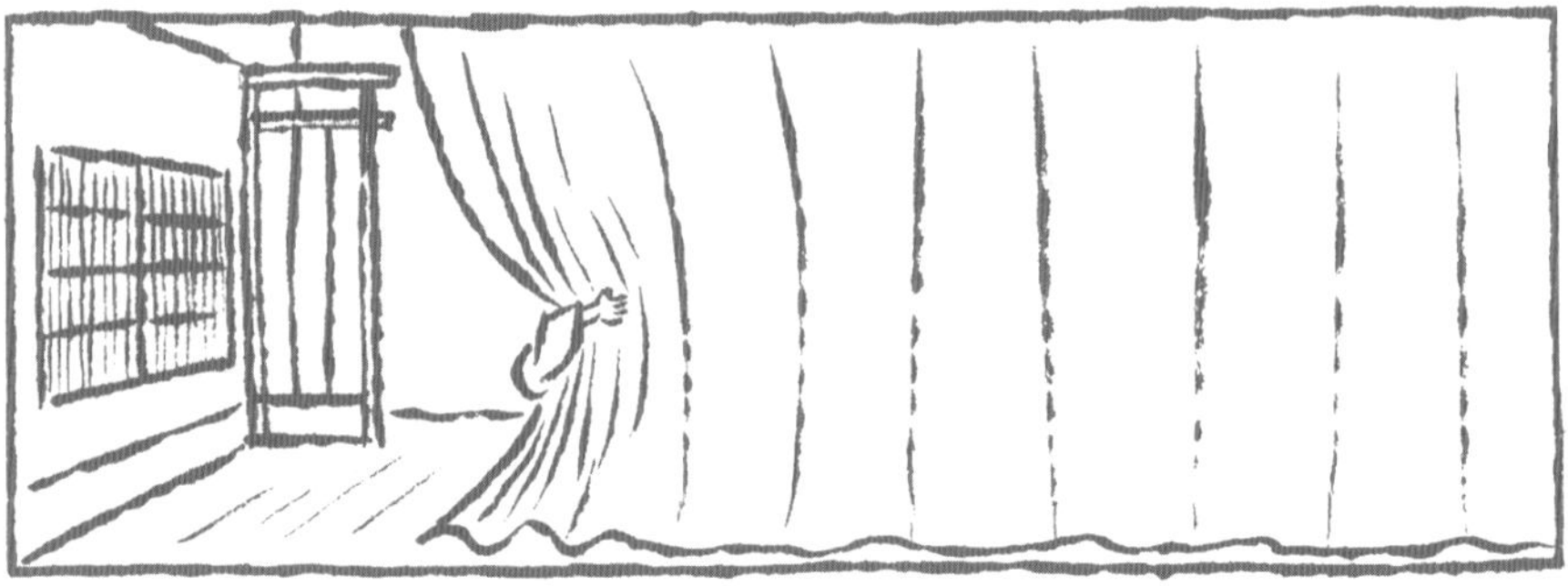

もくじ

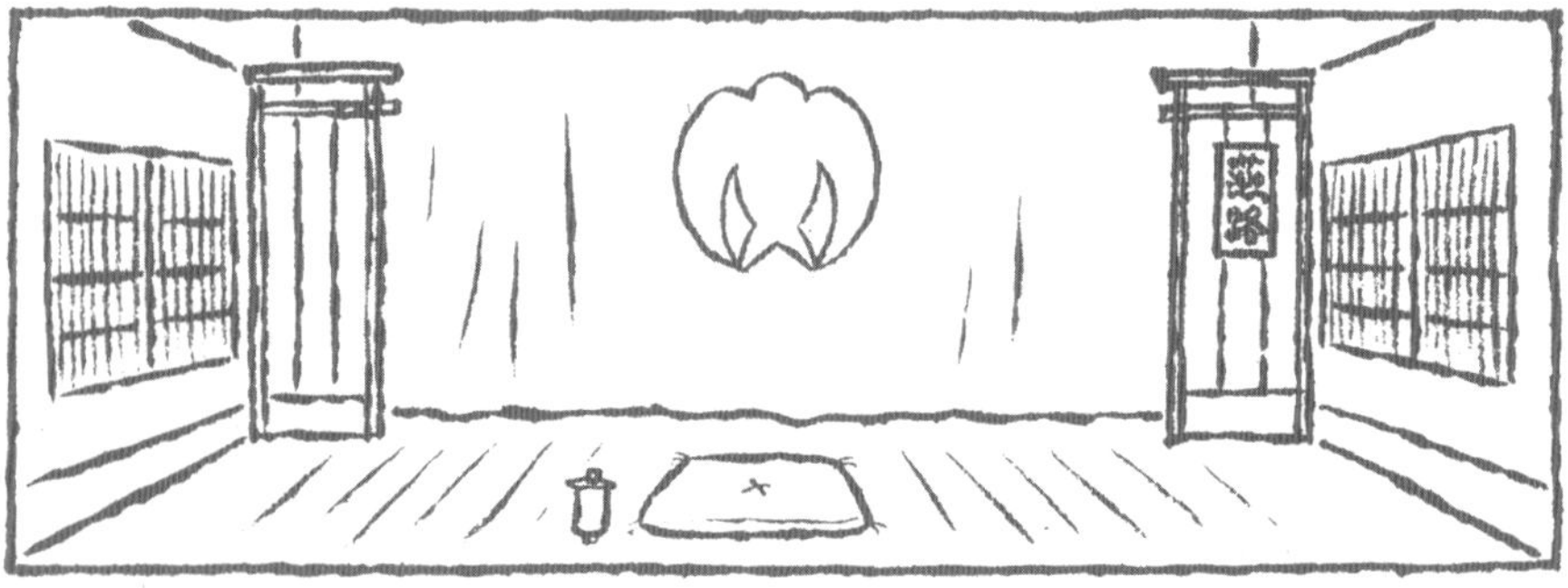

いれこみ

ようこそ、『子《こ》ども寄席《よせ》』へ

落語《らくご》って何《なん》だろう

落語《らくご》を聞《き》いたことがありますか。

落語《らくご》はおもしろい。落語《らくご》は楽《たの》しい。テレビの番組《ばんぐみ》や、地域《ちいき》の公民館《こうみんかん》などで、落語《らくご》をやることがあります。この本《ほん》の題《だい》にもなっている「寄席《よせ》」というのは、落語《らくご》などの演芸《えんげい》を見《み》せることを専門《せんもん》にしている場所《ばしょ》のことです。

舞台《ぶたい》の一段高《いちだんたか》い席《せき》（高座《こうざ》といいます）の座布団《ざぶとん》に、羽織袴《はおりはかま》すがたの落語家《らくごか》がすわり、話《はなし》をする――それが落語《らくご》です。落語家《らくごか》は、ひとりきりで話《はな》しているのに、右《みぎ》を見《み》て話《はな》したり、左《ひだり》を見《み》て話《はな》したり……。そのうちに、たとえば、ご隠居《いんきょ》さんと熊《くま》さんのふたりが話《はな》しているようすが浮《う》かび上《あ》がってきます。落語《らくご》家《か》は、登場《とうじょう》する人物《じんぶつ》にふさわしい口調《くちょう》や表情《ひょうじょう》、しぐさで演《えん》じます。お殿様《とのさま》はお殿様《とのさま》らしく、職人《しょくにん》さんは職人《しょくにん》さんらしく。

落語家《らくごか》がつかう小道具《こどうぐ》は、せんすと手《て》ぬぐいだけです。そのせんすは、たばこをすうキセルになり、そばを食《た》べるはしになり、刀《かたな》になり、広《ひろ》げて大《おお》きな盃《さかずき》に見立《みた》てたりします。手《て》ぬぐいは、たばこ入《い》れになったり、さいふになったりします。帳面《ちょうめん》（ノートですね）に見立《みた》てた手《て》ぬぐいに、筆《ふで》に見立《みた》てたせんすで書《か》くなどというのも、落語《らくご》では、しばしば行《おこな》われることです。観客《かんきゃく》たちは、手《て》ぬぐいから帳面《ちょうめん》を思《おも》い浮《う》かべ、せんすから筆《ふで》を想像《そうぞう》することになります。

この『子《こ》ども寄席《よせ》』は、落語家《らくごか》の六代目《ろくだいめ》柳亭燕路《りゅうていえんじ》さんが子《こ》どもたちのために書《か》いた「読《よ》む落語《らくご》」です。落語家《らくごか》が話《はな》すようすを想像《そうぞう》しながら、読《よ》んでください。

さて、落語《らくご》は、どうして落語《らくご》というのでしょう。それは、落語《らくご》が「落《お》とし話《ばなし》」、つまり、「落《お》ち」のある話《はなし》だからです。「落《お》ち」というのは、とんちのあるしめくくりのことです。「となりの家《いえ》に囲《かこ》いができたってね。」――「へえ。」という小話《こばなし》を知《し》りませんか。ここにも、「へえ。」という返事《へんじ》に塀《へい》（つまり囲《かこ》い）をかけた洒落《しゃれ》による「落《お》ち」がありますね。「寿限無《じゅげむ》」なら、「あんまり名《な》前《まえ》が長《なが》いから、こぶが引《ひ》っ込《こ》んじゃったんだい。」という金《きん》ちゃんのことばが「落《お》ち」になっています。

この文章《ぶんしょう》の見出《みだ》しは、「いれこみ」です。「いれこみ」というのは、寄席《よせ》で幕《まく》が開《あ》くまでの時間《じかん》のこと。ページをめくれば、いよいよ幕《まく》が開《あ》いて、落語《らくご》がはじまります。

（宮川健郎《みやかわたけお》）

寿《じゅ》限《げ》無《む》

長屋《ながや》の熊《くま》さんの家《うち》に、男《おとこ》の子《こ》が生《う》まれました。赤《あか》ちゃんが生《う》まれて七日目《なのかめ》をお七夜《しちや》といって、名前《なまえ》をつけなければなりません。

そこでよい名前《なまえ》をつけようと、物知《ものし》りの横丁《よこちょう》のご隠居《いんきょ》さんの家《うち》へ相談《そうだん》に出《で》かけました。

「今日《こんち》はっ。おめでとうございっ。」

「誰《だれ》かと思《おも》ったら熊《くま》さんか。しかし、なんだい、そのおめでとうというのは。」

「へぇ、私《あっし》の家《うち》に男《おとこ》の子《こ》が生《う》まれたんで。」

「それは知《し》っているが、それなら私《わたし》の方《ほう》が、お前《まえ》さんにおめでとうというので、お前《まえ》さんが自分《じぶん》でいうのは、おかしいよ。」

「でもさ、もし、ご隠居《いんきょ》さんがいってくれないといけないか

▼長屋《ながや》
細長《ほそなが》い建物《たてもの》を何軒《なんげん》かに区《く》切《ぎ》って住《す》む集合住宅《しゅうごうじゅうたく》。

▼横丁《よこちょう》
表通《おもてどお》りから脇《わき》へ入《はい》った、細《ほそ》い道《みち》。

▼ご隠居《いんきょ》さん
もう仕事《しごと》をしないで、のんびり暮《く》らしている人《ひと》。

ら早《はや》いとこ自分《じぶん》でいったんだ。」

「相変《あいか》わらず変《か》わっているな。」

「それで、今日《きょう》がお七夜《しちや》だから、名前《なまえ》をつけなくちゃいけないんだってさ。そこで、ご隠居《いんきょ》さんは、やたらに下《くだ》らないことを知《し》ってるから、なにかよい名前《なまえ》を考《かんが》えてもらいたいと思《おも》って、やってきたんです。」

「なんだい、その、やたらに下《くだ》らないことを知《し》っている、というのは。」

「あっ、聞《き》こえたか。それは内証《ないしょう》ばなしだ。」

「大《おお》きな声《こえ》の内証《ないしょう》ばなしだね。」

「とにかくさ、うんと長生《ながい》きをする、めでたい名前《なまえ》を考《かんが》えてもらいたいんで。」

「そうさなぁ、長生《ながい》きをして、めでたいとなると、寿限無《じゅげむ》

なんてぇのがある。寿《ことぶき》というのは、めでたいという意味《いみ》だ。

それが限《かぎ》り無《な》いというんだが、どうだい。」

「なるほど。寿《ことぶき》が限《かぎ》り無《な》しで寿限無《じゅげむ》か、いいねえ……、ほかに、まだ、ありますか。」

「五劫《ごこう》のすりきれず、というのがある。」

「なんだい、そりゃぁ。」

「天人《てんにん》が三千年《さんぜんねん》に一度《いちど》、天《てん》から降《お》りてきて、着《き》ている羽衣《はごろも》で岩《いわ》をひとなぜする、これを何万回《なんまんかい》、何億回《なんおくかい》しているうちに、岩《いわ》がすりきれてなくなってしまうのを、一劫《いっこう》という。その五《ご》倍《ばい》が五劫《ごこう》だが、それでもまだ、すりきれないという、ずいぶん長《なが》い時間《じかん》だろう。」

「へええ、おっそろしく長《なが》いね。まだほかにありますか。」

「海砂利水魚《かいじゃりすいぎょ》の水行末雲行末風来末《すいぎょうばつうんぎょうばつふうらいばつ》というのはどうだ。」

「だんだんむつかしくなるね。そりゃぁ、どういうことです。」

「海砂利水魚《かいじゃりすいぎょ》とは、海《うみ》の中《なか》の砂利《じゃり》や魚《さかな》のことだ。これは数《かぞ》えきれないほど、たくさんある。水行末雲行末風来末《すいぎょうばつうんぎょうばつふうらいばつ》というのは、水《みず》や雲《くも》や風《かぜ》は、どこから来《き》て、どこまで行《ゆ》くのか、その行《ゆ》く末《すえ》がわからないほど長《なが》いよ。」

「へええ。」

「食《く》う寝《ね》る所《ところ》に住《す》む所《ところ》、このうちのどれが欠《か》けても困《こま》る、だからこれも大切《たいせつ》だ。それに藪《やぶ》ら柑子《こうじ》ぶら柑子《こうじ》というのがある。」

「なんだい、そのぶらぶらいうのは。」

「これは正月《しょうがつ》のお飾《かざ》りに使《つか》う藪柑子《やぶこうじ》というもので、雪《ゆき》の中《なか》でも実《み》を結《むす》ぶという、めでたい植物《しょくぶつ》だ。」

▼柑子《こうじ》
みかんの一種《いっしゅ》。葉《は》は小《ちい》さい。実《み》は、ふつうのみかんより小《ちい》さく、皮《かわ》はうすくて、色《いろ》はオレンジ色《いろ》。食《た》べると、すっぱい。

▼藪柑子《やぶこうじ》
高《たか》さ二十《にじっ》センチメートルほどの木《き》で、庭木《にわき》や盆栽《ぼんさい》にする。葉《は》は長《なが》い楕円形《だえんけい》、夏《なつ》には白《しろ》い花《はな》をつけ、冬《ふゆ》には小《ちい》さな赤《あか》い実《み》がなる。

「なぁるほど、まだほかにありますか。」

「今度《こんど》は、もう少《すこ》し長《なが》くなるがね。パイポパイポパイポのシューリンガー、シューリンガーのグーリンダイ、グーリンダイのポンポコピー、ポンポコナーというのがある。」

「なるほど長《なが》いが、なんです、そのポパイのポンポコポンてぇのは。」

「なんだかポパイの腹《はら》づつみみたいなことをいってるが、そうじゃないよ。これはな、昔《むかし》、唐《もろこし》にパイポという王様《おうさま》と、グーリンダイというお妃様《きさきさま》がいて、ポンポコピー様《さま》とポンポコナー様《さま》という二人《ふたり》のお子《こ》さんがいた。そして、みんな、たいそう長生《ながい》きをしたというな。それに、私《わたし》が一番《いちばん》いいなと思《おも》うのは、長《なが》く久《ひさ》しい命《いのち》と書《か》いて長久命《ちょうきゅうめい》、これから取《と》って長《ちょう》助《すけ》という名前《なまえ》はどうだ。」

▼**唐**《もろこし》
むかし、中国《ちゅうごく》のことをこう呼《よ》んだ。

「それじゃァ、それを全部《ぜんぶ》書《か》いて下《くだ》さい。」

のんきな人《ひと》もあるもので、紙《かみ》に書《か》いてもらった名前《なまえ》を全部《ぜんぶ》、子《こ》どもにつけてしまいました。おめでたい名前《なまえ》をつけたおかげか、この子《こ》が丈夫《じょうぶ》に育《そだ》ちまして、けんかなんか負《ま》けたことがない。

「あーん、あーん、おばさぁん、おばさんとこの寿限無寿限《じゅげむじゅげ》無《む》五劫《ごこう》のすぅりきれぇず、海砂利水魚《かいじゃりすいぎょ》の水行末雲行末風来《すいぎょうばつうんぎょうばつふうらい》末《ばつ》、食《く》う寝《ね》る所《ところ》に住《す》む所《ところ》、藪《やぶ》ら柑子藪柑子《こうじやぶこうじ》、パァイポパイポパイポのシューリンガー、シューリンガーのグーリンダイ、グーリンダイのポンポコピーポンポコナーの長久命《ちょうきゅうめい》の長助《ちょうすけ》ちゃんが棒《ぼう》でぶったから頭《あたま》にこぶが出来《でき》ちゃったー。」

「あらまあ、ごめんなさいね、それじゃァ家《うち》の寿限無寿限無《じゅげむじゅげむ》五劫《ごこう》のすぅりきれぇず、海砂利水魚《かいじゃりすいぎょ》の水行末雲行末風来末《すいぎょうばつうんぎょうばつふうらいばつ》、

食《く》う寝《ね》る所《ところ》に住《す》む所《ところ》、藪《やぶ》ら柑子《こうじ》藪柑子《やぶこうじ》、パイポパイポパイポのシューリンガー、シューリンガーのグーリンダイ、グーリンダイのポンポコピーのポンポコナーの長久命《ちょうきゅうめい》の長助《ちょうすけ》が、金《きん》ちゃんの頭《あたま》にこぶを、（金《きん》ちゃんの頭《あたま》をさわってみて）あら、こぶなんかないじゃないの。」

「あんまり名前《なまえ》が長《なが》いから、こぶが引《ひ》っ込《こ》んじゃったんだい。」

元《もと》犬《いぬ》

昔《むかし》、浅草《あさくさ》の蔵前《くらまえ》に、誰《だれ》が飼《か》っているというわけではありませんが、とても利口《りこう》な一匹《いっぴき》の白犬《しろいぬ》がおりました。町《まち》の人《ひと》たちは皆《みんな》この犬《いぬ》をかわいがって、

「お前《まえ》はとても利口《りこう》だから、今度《こんど》の世《よ》にはきっと人間《にんげん》に生《う》まれ変《か》わるだろう。」

といいましたので白犬《しろいぬ》は、

「生《う》まれ変《か》わって人間《にんげん》になるよりも、何《なん》とか、この世《よ》で人間《にんげん》になりたいものだ。」

と、近所《きんじょ》の八幡様《はちまんさま》に願《がん》かけをして、毎日《まいにち》はだし参《まい》りをしました。もっとも犬《いぬ》ですから、もともとはだしですが……。丁度《ちょうど》満願《まんがん》の日《ひ》、朝早《あさはや》くから一生懸命《いっしょうけんめい》おがんでいると、そよそよと風《かぜ》が吹《ふ》いてきて、白《しろ》い毛《け》がふわふわ飛《と》びはじめたかと思《おも》うと、たちまち白犬《しろいぬ》が人間《にんげん》に生《う》まれ変《か》わりました。

▼浅草《あさくさ》の蔵前《くらまえ》
江戸《えど》・東京《とうきょう》の地名《ちめい》。現在《げんざい》の台東区《たいとうく》。

▼八幡様《はちまんさま》
八幡神《はちまんしん》をまつった神社《じんじゃ》。八幡神《はちまんしん》は、もともとは農業《のうぎょう》の神様《かみさま》だが、平安時代《へいあんじだい》の末《すえ》からあとは、いくさの神様《かみさま》と考《かんが》えられるようになった。

▼願《がん》かけ
神様《かみさま》や仏様《ほとけさま》に願《ねが》いをかけること。その願《ねが》いがかなうように、お百度参《ひゃくどまい》りや、自分《じぶん》の好《す》きなものを食《た》べないといったことをする。

▼満願《まんがん》
お参《まい》りをする日数《にっすう》が終《お》わること。

「ああ、ありがたい、一生懸命《いっしょうけんめい》お願《ねが》いしたおかげで、人間《にんげん》になれた、うれしいな。だけど、人間《にんげん》になったんだから裸《はだか》じゃ具合《ぐあい》が悪《わる》いや。そうだ、あそこにある奉納手拭《ほうのうてぬぐ》いを借《か》りよう。こうして腰《こし》へ手拭《てぬぐ》いを巻《ま》きつけてと、これならいいだろう。それから人間《にんげん》になったんだから遊《あそ》んでいちゃいけないな、どこかに奉公《ほうこう》をして働《はたら》こう。ああ、丁度《ちょうど》いい、向《む》こうから来《く》るのは奉公口《ほうこうぐち》を世話《せわ》をする上総屋《かずさや》の旦那《だんな》だ。ええ、旦那《だんな》、今日《こんにち》は。」

「ああびっくりした、誰《だれ》だいお前《まえ》さんは。それに、すっ裸《ぱだか》じゃぁないか。」

「あのー、奉公口《ほうこうぐち》を世話《せわ》してください。」

「いきなりそんなことをいわれても私《わたし》も困《こま》るよ、第一《だいいち》お前《まえ》さん、私《わたし》を知《し》っているのかい。」

▼奉納手拭《ほうのうてぬぐ》い
神様《かみさま》におそなえした手拭《てぬぐ》い。

▼奉公《ほうこう》・奉公口《ほうこうぐち》
他人《たにん》の家《いえ》に住《す》み込《こ》んで働《はたら》くこと。奉公口《ほうこうぐち》は、働《はたら》く家《いえ》のこと。

▼旦那《だんな》
店《みせ》の主人《しゅじん》のことをうやまっていう言《い》い方《かた》。

「ええ、よく知《し》ってます、上総屋《かずさや》の旦那《だんな》でしょう。」

「うん、あまりこの辺《へん》で見《み》かけない人《ひと》だが、よく知《し》ってるね。」

「時々《ときどき》お宅《たく》にうかがっています。」

「そうかい？　家《うち》は、人《ひと》の出入《でい》りが多《おお》いから気《き》がつかなかったが……。」

「つい、この間《あいだ》も台所《だいどころ》で女中《じょちゅう》さんに水《みず》をぶっかけられました。」

「おいおい、変《へん》なことをいっちゃァいけないよ。しかし、裸《はだか》でいるところを見《み》ると追《お》いはぎにでも出会《であ》ったんだろう、かわいそうに。とにかく家《うち》へいっしょにおいで。」

「ありがとうございます。」

「おいおい、往来《おうらい》をはって歩《ある》く人《ひと》がありますか、ちゃんと

▼追《お》いはぎ
旅人《たびびと》や通《とお》りがかりの人《ひと》をおどかして、お金《かね》や物《もの》をうばう、どろぼう。

▼往来《おうらい》
人《ひと》の行《い》き来《き》する道《みち》。

立《た》って歩《ある》きなさい。どうも変《か》わった人《ひと》だなぁ……。ただ今《いま》。」

「おかえりなさい。どなたか連《つ》れてきたんですか。」

「うん、八幡様《はちまんさま》の所《ところ》ですっ裸《ぱだか》の変《か》わった男《おとこ》に出会《であ》ってな、奉公口《ほうこうぐち》を世話《せわ》してくれというんだ、かわいそうだから連《つ》れてきたんだがね、この人《ひと》だよ。私《わたし》の普段着《ふだんぎ》を一揃《ひとそろ》い出《だ》してやっておくれ。さあ、お前《まえ》さん、それを着《き》なさい。おいおい、ふんどしをくわえるやつがあるかい……、着物《きもの》の袖《そで》に足《あし》を突《つ》っ込《こ》んじゃぁいけないよ……、変《へん》な人《ひと》だねぇ。誰《だれ》か手伝《てつだ》って着《き》せてやんな……、着物《きもの》を着《き》たらこっちへおいで。お前《まえ》さん奉公《ほうこう》したいといっていたが、いい口《くち》があるんだよ、ご隠居《いんきょ》さんでな、変《か》わった奉公人《ほうこうにん》がほしいといっていたから、お前《まえ》さんなら丁度《ちょうど》いいだろう、行《い》ってみるか。」

「へい、ぜひお願《ねが》いします。」

「それじゃぁ出《で》かけるか。おい、行《い》ってくるよ。さあさあ歩《ある》きなさい、ここを曲《ま》がって……、おや、何《なに》をしてるんだ、おいおい、電信柱《でんしんばしら》に片足《かたあし》をあげて、おしっこなんかしちゃぁいけないよ。」

「でも、こうしておかないと、道《みち》がわかんなくなっちゃうんです。」

「よっぽど変《か》わっているね、この人《ひと》は……。さあ、ここの家《うち》だよ。ごめんください。」

「はいはい。なんだ上総屋《かずさや》さんか、頼《たの》んでおいた奉公人《ほうこうにん》はどうしたね。」

「それが丁度《ちょうど》いい人《ひと》がいましてね、連《つ》れてきました。この人《ひと》……、おい、そっちを見《み》て何《なに》をうなっているんだ。」

「へえ、猫《ねこ》がいたものですから。」

「なるほど変《か》わっているな。」

「変《か》わってるでしょう。それでは私《わたし》はちょっとわきへ回《まわ》りますのでまた後《のち》ほど。」

「はいご苦労《くろう》さま。さあさあお前《まえ》さん、こっちへお上《あ》がり、それで名《な》は何《なん》というのかい。」

「へい、みんながシロシロって呼《よ》んでます。」

「シロ？　四郎蔵《しろぞう》とか四郎吉《しろきち》じゃないのかい。」

「いえ、ただシロです。」

「ああ、只四郎《ただしろう》か、よい名前《なまえ》だな。家《うち》には、もう一人《ひとり》おもとという女中《じょちゅう》がいるんだが、昔《むかし》から『犬《いぬ》も朋輩《ほうばい》、鷹《たか》も朋輩《ほうばい》』というから、仲良《なかよ》く働《はたら》いておくれ。」

「ええっ、鷹《たか》がいるんですか。」

「そうじゃァない、おもとと仲良《なかよ》くしておくれというんだよ。

▼わきへ回《まわ》る　よそへ行《い》く。

▼犬《いぬ》も朋輩《ほうばい》、鷹《たか》も朋輩《ほうばい》　同《おな》じ主人《しゅじん》につかえていれば、地位《ちい》にちがいはあっても、朋輩《ほうばい》であることには変《か》わりがないことを、たとえていった。朋輩《ほうばい》は、同《おな》じ主人《しゅじん》につかえる仲間《なかま》。

ああ、その火鉢《ひばち》の鉄瓶《てつびん》がチンチンいっているから、ふたを取《と》っといておくれ。」

「チンチンは私《わたし》はうまいんです（犬《いぬ》のチンチンのかっこうをして）これでいいですか。」

「いえ、別《べつ》にそんなことをしろというわけじゃない、そのふたを取《と》ればいいんだ。それから、お茶《ちゃ》をほうじるから、そこにあるほいろを取《と》っておくれ。」

「ほえろ？　じゃァ……ウウワンワン。」

「そうじゃぁない、ほいろだよ。」

「ワンワンワンワン。」

「おい、しょうがないな、おもと、もとはおらぬか、もとはいぬか。」

「へえ、今朝《けさ》ほど人間《にんげん》になりました。」

▼火鉢《ひばち》
灰《はい》を入《い》れ、中《なか》に炭火《すみび》を埋《う》めて、あたたまる暖房具《だんぼうぐ》。

▼鉄瓶《てつびん》
湯《ゆ》をわかす鉄製《てつせい》のやかん。

▼ほうじる
火《ひ》であぶって湿気《しっけ》をとる。

▼ほいろ
茶《ちゃ》をほうじる道具《どうぐ》。木《き》の枠《わく》の底《そこ》に和紙《わし》をはったもの。

あ《あ》た《た》ま《ま》山《やま》

とてもけちん坊《ぼう》な人《ひと》が、さくらんぼうを食《た》べましたが、けちなくらいですから、種《たね》があっても、

「世《よ》の中《なか》の人《ひと》は、皆《みんな》これを捨《す》てるけどね、私《わたし》はあんな、もったいないことはしませんよ。」

と食《た》べてしまいました。すると、この種《たね》がお腹《なか》に入《はい》りまして、身体《からだ》のあたたかみで、種《たね》から芽《め》が出《で》ると、だんだんにこれが成長《せいちょう》して、木《き》になり、頭《あたま》を突《つ》き破《やぶ》って、大《おお》きな立派《りっぱ》な幹《みき》になりました。その立派《りっぱ》なこと、春《はる》になると見事《みごと》な桜《さくら》の花《はな》が満開《まんかい》です。

「今日《こんち》はぁ。」

「誰《だれ》だい……なんだ、誰《だれ》かと思《おも》ったら、英《ひで》さんに、五郎《ごろう》ちゃんかい。二人《ふたり》揃《そろ》って何《なに》か用《よう》かい。」

「ご隠居《いんきょ》さん、あたま山《やま》の桜《さくら》のうわさを聞《き》きましたか。」

「ああ聞《き》いたよ。何《なん》でもたいそう、見事《みごと》だというじゃないか。」

「そうなんですよ。他《ほか》の山《やま》のように、たくさんの桜《さくら》があるわけじゃなくって、たった一本《いっぽん》なんですけどね。なにしろ、見《み》事《ごと》な桜《さくら》だというんで、近頃《ちかごろ》じゃあ、上野《うえの》や向島《むこうじま》、飛鳥山《あすかやま》に行《い》くよりも、皆《みんな》が、あたま山《やま》の方《ほう》がいいってね、大変《たいへん》に賑《にぎ》わってるそうですよ。」

「そこでね、皆《みんな》であたま山《やま》に花見《はなみ》に出《で》かけようというんですが、ご隠居《いんきょ》さんもいっしょに行《い》きませんか。」

「ほほう、なるほど。皆《みな》さんといっしょに花見《はなみ》か。それは結《けっ》構《こう》だな。私《わたし》も機会《きかい》があったら行《い》ってみたいと思《おも》っていたところなんだよ。」

「それは丁度《ちょうど》いいや。いえね、皆《みんな》であたま山《やま》の話《はなし》をしていた

▼上野《うえの》や向島《むこうじま》、飛鳥山《あすかやま》
どれも、江戸《えど》・東京《とうきょう》の地《ち》名《めい》。上野《うえの》は現在《げんざい》、台東《たいとう》区《く》、向島《むこうじま》は墨田区《すみだく》。飛鳥《あすか》山《やま》は北区《きたく》。みな、見事《みごと》な桜《さくら》が咲《さ》くことで知《し》られ、花見客《はなみきゃく》でにぎわう。

ら、角《かど》の伊勢屋《いせや》の旦那《だんな》が、『そういい桜《さくら》の名所《めいしょ》が出来《でき》たのならぜひ行《い》きましょう。ついては、花見《はなみ》のことだから四斗樽《しとだる》を一本寄付《いっぽんきふ》しましょう』ってね。そうしたら今度《こんど》は、三河屋《みかわや》の旦那《だんな》が、『それでは、家《うち》は重箱《じゅうばこ》の中《なか》にご馳走《ちそう》を用意《ようい》します』って。すっかり仕度《したく》がととのっちゃったんです。それじゃあご隠居《いんきょ》さんも出《で》かけますね。」

というわけで、町内《ちょうない》の人《ひと》たちが大勢《おおぜい》で、

「そぉれ、花見《はなみ》だ花見《はなみ》だ。」

と、賑《にぎ》やかに出《で》かけます。さて、先方《せんぽう》に着《つ》くと、もういっぱいの人《ひと》で、あっちの方《ほう》で三味線《しゃみせん》を弾《ひ》いて歌《うた》をうたう人《ひと》があるかと思《おも》うと、こっちの方《ほう》では目《め》かくしをして鬼《おに》ごっこをしていようという騒《さわ》ぎです。

「ご隠居《いんきょ》さん、よくお出《で》かけ下《くだ》さいましたな。」

▼**名所《めいしょ》** 美《うつく》しい景色《けしき》などで有名《ゆうめい》な場所《ばしょ》。

▼**四斗樽《しとだる》** 四斗《よんと》入《い》りの酒樽《さかだる》。一斗《いっと》は、約十八《やくじゅうはち》リットル。

▼**重箱《じゅうばこ》** 食物《しょくもつ》をつめて、何段《なんだん》にも重《かさ》ねられるようになっている木《き》の箱《はこ》。多《おお》くは、うるしぬり。

▼**三味線《しゃみせん》** ネコや犬《いぬ》の皮《かわ》をはった胴《どう》にさおを付《つ》け、三本《さんぼん》の弦《げん》をはった楽器《がっき》。ばちで演奏《えんそう》する。

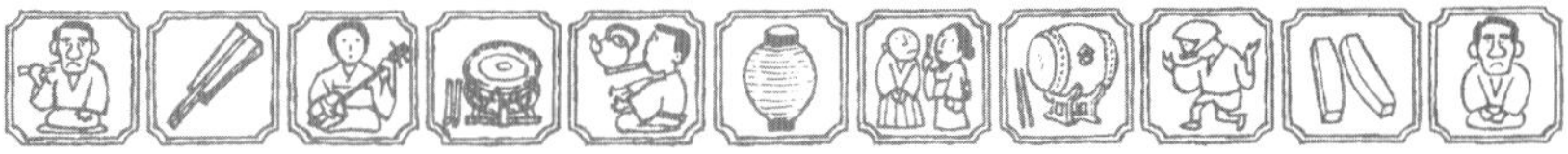

「これはこれは、伊勢屋《いせや》さんに三河屋《みかわや》さんですか。今日《きょう》はどうもお招《まね》きをいただきまして、ありがとうございます。」

「どういたしまして。私《わたし》どもも、ご隠居《いんきょ》さんに来《き》ていただいて、こうして花《はな》の下《した》で、川柳《せんりゅう》の一《ひと》つも教《おそ》わりたいと思《おも》いましてね。」

「なるほど、花見《はなみ》の川柳《せんりゅう》では『銭湯《せんとう》で上野《うえの》の花《はな》のうわさかな』という、有名《ゆうめい》な句《く》がありますね。」

「あのう、一句出来《いっくでき》ましたが、こういうのは如何《いかが》でしょう。」

「ほほう、うかがいましょう。」

「『この山《やま》は』という出《で》だしです。」

「なるほど、『この山《やま》は』。」

「『かぜをひいたかはなだらけ』。」

「そんな、きたないのはいけませんよ。」

▼川柳《せんりゅう》
十七文字《じゅうななもじ》の短《みじか》い詩《し》。長《なが》さは俳句《はいく》と同《おな》じだが、季語《きご》をよみこまなければならないなどの俳句《はいく》のような約束事《やくそくごと》がなく、より自由《じゆう》である。人《ひと》の心《こころ》や世《よ》の中《なか》のありさまをおもしろくよむ。江戸時代《えどじだい》の中《なか》ごろから流行《りゅうこう》した。

「いけませんか……まあ、お酒《さけ》を一《ひと》つ。あれあれ、お酒《さけ》が冷《さ》めちまったな。それでは、すぐに小枝《こえだ》でも集《あつ》めて、お燗《かん》をさせましょう……おいおい、この酒《さけ》を温《あたた》めておくれ。」

頭《あたま》の上《うえ》で焚《た》き火《び》をしたりするから、あついの何《なん》の。

「冗談《じょうだん》じゃないよ、朝《あさ》から晩《ばん》まで、人《ひと》の頭《あたま》の上《うえ》でわいわい騒《さわ》いだ挙《あ》げ句《く》に、焚《た》き火《び》なんかされてたまるかいっ！」

たまりかねて、頭《あたま》をひとふりすると、

「それっ、地震《じしん》だっ！」

というわけで、皆《みんな》振《ふ》り落《お》とされてしまいました。

「こんな木《き》があるから、皆《みんな》が寄《よ》ってくるんだ。こんなものはひっこ抜《ぬ》いちまえ。」

頭《あたま》の木《き》に手《て》をかけて、めりめりっと根《ね》っこごと、これをひっこ抜《ぬ》いてしまうと、後《あと》にぽっかり大《おお》きな穴《あな》があきました。

▼お燗《かん》
酒《さけ》をあたためること。

さて、この人《ひと》が表《おもて》に用足《ようた》しがあって出《で》かけると、あいにく雨《あめ》が降《ふ》ってきた。やがて、ざーっと夕立《ゆうだち》になったから、頭《あたま》の穴《あな》に水《みず》がたまりました。でも、この人《ひと》はけちですから、この水《みず》を捨《す》てません。そのうちに、この池《いけ》に魚《さかな》がすみつくようになりましたから、今度《こんど》は皆《みんな》が、朝早《あさはや》くから魚釣《さかなつ》りにやってきます。

「どうです、釣《つ》れますか。」

「ええ、もう、うんと大《おお》きな鯨《くじら》を釣《つ》ろうと思《おも》ってるんです。」

「鯨《くじら》……それは無理《むり》でしょう。」

「釣《つ》れたぁっ！」

「鯨《くじら》ですか。」

「いえ、メダカです。」

なんてんで、またまた賑《にぎ》やかなこと。夜《よる》は夜《よる》で、涼《すず》み船《ぶね》が

▼用足《ようた》し
用事《ようじ》。

▼涼《すず》み船《ぶね》
夏《なつ》、暑《あつ》さをさけて、涼《すず》しさを味《あじ》わうために乗《の》る船《ふね》。船《ふね》の中《なか》では、酒《さけ》をのんだり、歌《うた》をうたったり、にぎやかに楽《たの》しむ。

出《で》て、やっぱり三味線《しゃみせん》などを弾《ひ》いて騒《さわ》ぎますから、

「ああ、うるさいうるさい、こんなことなら一層《いっそう》のこと……。」

この人《ひと》は、自分《じぶん》の頭《あたま》の池《いけ》に飛《と》び込《こ》んで、死《し》んでしまいました。

落語《らくご》の登場人物《とうじょうじんぶつ》

「寿限無《じゅげむ》」に登場《とうじょう》するのは、長屋《ながや》の熊《くま》さんと、横丁《よこちょう》のご隠居《いんきょ》さんです。同《おな》じ春夏編《はるなつへん》の「あたま山《やま》」にも、ご隠居《いんきょ》さんが出《で》てきます。ふたりは、同《おな》じ人物《じんぶつ》なのでしょうか。同《おな》じといえば、同《おな》じだし、ちがうといえば、ちがいます。秋冬《あきふゆ》編《へん》の「粗忽長屋《そこつながや》」に出《で》てくる熊公《くまこう》は、「寿限無《じゅげむ》」の熊《くま》さんと同《おな》じ人《ひと》でしょうか。こちらも、同《おな》じといえば、同《おな》じだし、ちがうといえば、ちがいます。

長屋《ながや》に住《す》んでいるのは、熊《くま》さんや八《はっ》つぁん、横丁《よこちょう》にいるのは、ご隠居《いんきょ》さんというのは、落語《らくご》の世界《せかい》の決《き》まりごとです。

熊《くま》さんや八《はっ》つぁんというのは、長屋《ながや》に暮《く》らす職人《しょくにん》たちを代表《だいひょう》するような名《な》前《まえ》なのでしょう。「寿限無《じゅげむ》」で、寿限無寿限無《じゅげむじゅげむ》……長久命《ちょうきゅうめい》の長助《ちょうすけ》に棒《ぼう》であたまをぶたれたのは金《きん》ちゃんで、秋冬編《あきふゆへん》のおしまいの「初天神《はってんじん》」で天神様《てんじんさま》のお参《まい》りにつれていってもらうのも金坊《きんぼう》ですが、落語《らくご》に出《で》てくる男《おとこ》の子《こ》は、みな金坊《きんぼう》というのも、決《き》まりごとです。

さまざまな話《はなし》があるのに、出《で》てくるのは、いつも熊《くま》さんやご隠居《いんきょ》さんだから、それぞれの熊《くま》さんやご隠居《いんきょ》さんにちっとも個性《こせい》がないかというと、そうではありません。

「三《さん》べんげいこ」ということばがあります。落語家《らくごか》の修業《しゅぎょう》についていうことばです。

落語《らくご》の師匠《ししょう》のところに入門《にゅうもん》した弟子《でし》が新《あたら》しい落語《らくご》を教《おそ》わるとき、師匠《ししょう》は、弟子《でし》の前《まえ》で話《はなし》を演《えん》じます。弟子《でし》は、メモや録音《ろくおん》をとらずに、ただ一生懸命聞《いっしょうけんめいき》く。それを三回繰《さんかいく》り返《かえ》すあいだに、弟子《でし》は、話《はなし》をおぼえなければなりません。

弟子《でし》は、師匠《ししょう》の語《かた》る一言一句《いちごんいっく》をおぼえることはできません。話《はなし》の骨組《ほねぐみ》をつかまえて、おぼえるのです。弟子《でし》は、話《はなし》の骨組《ほねぐみ》に、自分《じぶん》なりの工夫《くふう》をくわえながら肉付《にくづ》けしていき、自分《じぶん》の話《はなし》にしていきます。ですから、同《おな》じ話《はなし》でも、落語家《らくごか》によって演《えん》じ方《かた》がちがいます。

登場人物《とうじょうじんぶつ》の演《えん》じ方《かた》にも、落語家《らくごか》の考《かんが》え方《かた》や人柄《ひとがら》がにじんできます。熊《くま》さんやご隠居《いんきょ》さんは、落語家《らくごか》が演《えん》じる話《はなし》のなかで、個性《こせい》をもつことになるのです。

『子《こ》ども寄席《よせ》』二冊《にさつ》におさめた十八《じゅうはち》の話《はなし》からは、著者《ちょしゃ》の六代目《ろくだいめ》柳亭燕路《りゅうていえんじ》さんが、それぞれの話《はなし》をどんなふうに語《かた》っていたのかがうかがわれます。

この文章《ぶんしょう》の見出《みだ》しは、「仲入《なかい》り」です。「仲入《なかい》り」は、寄席《よせ》の途中《とちゅう》の休《やす》み時間《じかん》のこと。さあ、「仲入《なかい》り」がおわれば、また、落語《らくご》がはじまります。

（宮川健郎《みやかわたけお》）

皿《さら》屋《や》敷《しき》

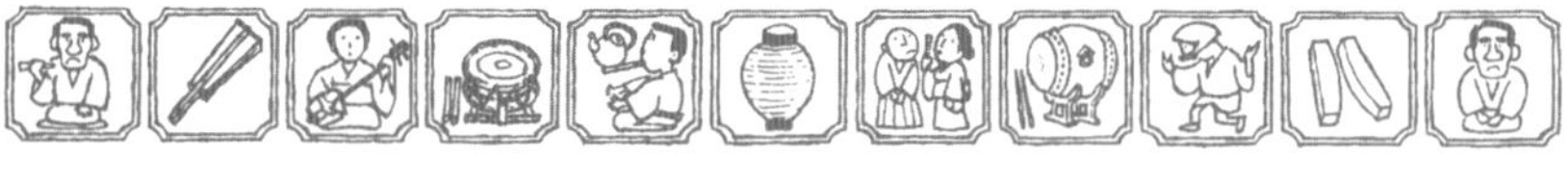

昔《むかし》、麹町《こうじまち》の番町《ばんちょう》の武家屋敷《ぶけやしき》に、お菊《きく》さんという腰元《こしもと》がおりました。ある日《ひ》、ご主人《しゅじん》のいいつけで、その屋敷《やしき》の家宝《かほう》になっている十枚揃《じゅうまいぞろ》いの皿《さら》を出《だ》そうとして、あやまって、その一枚《いちまい》を割《わ》ってしまいましたので、怒《おこ》った主人《しゅじん》はお菊《きく》さんを手《て》討《う》ちにしてしまい、庭《にわ》の井戸《いど》の中《なか》に放《ほう》り込《こ》んでしまいました。

それからというものは、毎晩《まいばん》お菊《きく》さんの幽霊《ゆうれい》が井戸《いど》の中《なか》から出《で》てきては、一枚足《いちまいた》りないお皿《さら》の数《かず》を数《かぞ》えるということです。

「おい皆《みんな》、番町皿屋敷《ばんちょうさらやしき》の話《はなし》を聞《き》いたか、いまだにお菊《きく》さんの幽霊《ゆうれい》が出《で》るそうだ。そして悲《かな》しそうな声《こえ》で、一《いち》まぁい、二《に》まぁいとお皿《さら》の数《かず》を数《かぞ》えるそうだよ。」

「うん、聞《き》いた聞《き》いた。九枚《くまい》まで数《かぞ》えるんだろう。」

「そうそう、しかしねぇ、九枚全部《くまいぜんぶ》の数《かず》を聞《き》いた者《もの》は、すぐその場《ば》で死《し》ぬそうだ、八枚《はちまい》でも高《たか》い熱《ねつ》が出《で》るというな。」

▼麹町《こうじまち》の番町《ばんちょう》
江戸《えど》・東京《とうきょう》の地名《ちめい》。現《げん》在《ざい》、千代田区《ちよだく》。

▼腰元《こしもと》
身分《みぶん》の高《たか》い人《ひと》につかえて、身《み》の回《まわ》りの用事《ようじ》をする女《おんな》の人《ひと》。

▼手討《てう》ち
武士《ぶし》が家来《けらい》や町人《ちょうにん》を自《じ》分《ぶん》で斬《き》り殺《ころ》すこと。

▼井戸《いど》
地面《じめん》を深《ふか》く掘《ほ》って、地下《ちか》水《すい》をくみあげるようにしたもの。

「それじゃぁ、そんな所《ところ》に行《い》かない方《ほう》がいいな。」

「しかし、五枚《ごまい》か六枚位《ろくまいぐらい》なら何《なん》でもないそうだよ。どうだい今晩皆《こんばんみんな》で行《い》ってみようか。」

「うん、六枚《ろくまい》で逃《に》げればいいのならおもしろそうだから行《い》ってみよう。」

「私《わたし》はよすよ、こわいもの。」

「憶病《おくびょう》だなぁ。大丈夫《だいじょうぶ》だよ、五《ご》まぁい六《ろく》まぁいといったら逃《に》げるから。」

「でも何《なん》だかこわいよ。」

「ふうん、それならお前《まえ》だけ残《のこ》して皆《みんな》は出《で》かけるよ。その代《か》わり皆《みんな》が出《で》かけた後《あと》、お菊《きく》さんの幽霊《ゆうれい》が今日《きょう》は井戸《いど》から出《で》ないで、お前《まえ》をおどろかしてやれと、ここに出《で》たらどうする。」

「よ、よしなよ、おどかすない。それじゃ私《わたし》も行《い》くから待《ま》っ

ておくれよ。」

「あははは、それじゃぁいっしょにおいで……。さあ、ここが皿屋敷《さらやしき》だ、あそこに井戸《いど》があるだろう。もうすぐ幽霊《ゆうれい》が出《で》てくるぞ。」

と待《ま》っていると、そのうちあたりが、しーんとして、なまあたたかい風《かぜ》が吹《ふ》いてきたかと思《おも》うと、井戸《いど》のまわりに青《あお》い火《ひ》がチョロチョロッと出《で》て、お菊《きく》さんの幽霊《ゆうれい》が、すーう。

「あっ、出《で》た、出《で》たぞっ。」

「一《いち》まぁい、二《に》まぁい……。」

「お、おそろしい声《こえ》をしているな……。」

「三《さん》まぁい、四《よ》まぁい……。」

「ほら四枚《よまい》まで数《かぞ》えたぞ、六枚《ろくまい》で逃《に》げ出《だ》すから皆《みんな》、ちゃんと用意《ようい》しろ。」

「五《ご》まぁい、六《ろく》まぁい……。」

「そら逃《に》げろっ、早《はや》く早《はや》く……。ああ、おそろしかった。皆《みんな》も見《み》たか。」

「うん、こわかったなぁ。」

「明日《あした》の晩《ばん》も行《い》こうか。」

「あれっ、お前《まえ》はさっきこわいから一人《ひとり》だけ残《のこ》るっていってたくせに。」

「うん、はじめこわいから目《め》をつぶっていて、よく見《み》えなかったんだ。だから明日《あした》も行《い》こう。」

これが、評判《ひょうばん》になると、だんだん見物《けんぶつ》もふえて、一晩《ひとばん》に八《はち》十人《じゅうにん》から百人位《ひゃくにんぐらい》は集《あつ》まるようになりました。お菊《きく》さんの方《ほう》でも、今《いま》までは誰《だれ》もいない所《ところ》でやっていて張《は》り合《あ》いがなかったが、近頃《ちかごろ》では大勢《おおぜい》のお客様《きゃくさま》があるから、毎晩《まいばん》張《は》り切《き》っておりますし、愛想《あいそ》がよくなって、お世辞《せじ》をいったりしています。

すーうっ。

「皆《みな》さん今晩《こんばん》は。」

パチパチパチパチ、

「待《ま》ってましたぁ、お菊《きく》さん。」

「いつものいい声《こえ》を聞《き》かせてくれぇー」

「頼《たの》むぞーっ。」

「かしこまりました。それではじめます。一《いち》まぁい、二《に》まぁい……こんな声《こえ》でどうでしょうか。」

「いいぞいいぞォ。」

「さようですか、それでは続《つづ》けます。三《さん》まぁい、四《よ》まぁい……。」

「どうだい近頃《ちかごろ》では、ますますいい声《こえ》になってきたな。」

▼お世辞《せじ》
相手《あいて》に気《き》に入《い》られようとして、思《おも》ってもいないことをいうことば。

「何《なん》でも最近《さいきん》、テレビに出演《しゅつえん》してくれと交渉《こうしょう》したそうだが、契約金《けいやくきん》の問題《もんだい》でだめになったそうだ。」

「へえ、そりゃぁ残念《ざんねん》だね。」

「五《ご》まぁい、六《ろく》まぁい……。」

「それっ、六枚《ろくまい》だ、逃《に》げ出《だ》せっ……。」

「七《しち》まぁい、八《はち》まぁい……。」

「さあ大変《たいへん》だ、八枚《はちまい》まで聞《き》いてしまった。高《たか》い熱《ねつ》が出《で》てくるぞ……。」

「九《く》まぁい、十《じゅう》まぁい、十一《じゅういち》まぁい……。」

「あれっ、おかしいな、九枚《くまい》で終《お》わりのはずだが、まだやってらぁ？」

「十二《じゅうに》まぁい、十三《じゅうさん》まぁい、十四《じゅうよ》まぁい、十五《じゅうご》まぁい……。」

「あれあれっ、何枚《なんまい》まで数《かぞ》えるんだろう？」

「十六《じゅうろく》まぁい、十七《じゅうしち》まぁい、十八《じゅうはち》まぁい、おしまぁい。」

「あのお菊《きく》さん、ちょっとうかがいますが、お皿《さら》は九枚《くまい》しかなかったはずなのに、どうして十八枚《じゅうはちまい》まで数《かぞ》えるんです。」

「でも明日《あした》はお休《やす》みしますから、二日分《ふつかぶん》数《かぞ》えました。」

桃《もも》太《た》郎《ろう》

近《ちか》ごろの子《こ》どもは、学校《がっこう》に入《はい》る前《まえ》からたいがいは幼稚園《ようちえん》や保育園《ほいくえん》に行《い》っていますから昔《むかし》とは大変《たいへん》に違《ちが》っています。昔《むかし》は親《おや》が子《こ》どもを寝《ね》かしつけるのに、

「坊《ぼう》や、お父《とっ》つぁんがおもしろいお話《はなし》をしてあげるから寝《ね》るんだよ、いいかい。あのね、昔《むかし》むかし、ある所《ところ》におじいさんとおばあさんがいてね、ある日《ひ》おじいさんが山《やま》へ柴刈《しばか》りに、おばあさんが川《かわ》へ洗濯《せんたく》に行《い》ったんだよ。そしておばあさんが川《かわ》で洗濯《せんたく》をしていると、大《おお》きな桃《もも》が流《なが》れてきたから、これを拾《ひろ》って帰《かえ》って、割《わ》ってみると男《おとこ》の子《こ》が生《う》まれたんだよ。桃《もも》の中《なか》から生《う》まれたから桃太郎《ももたろう》と名前《なまえ》をつけてね。大《おお》きくなると桃太郎《ももたろう》は犬《いぬ》と猿《さる》と雉《きじ》を連《つ》れて鬼《おに》が島《しま》に鬼退治《おにたいじ》に行《い》ったんだ。そして鬼《おに》を退治《たいじ》して宝物《たからもの》をたくさん持《も》って帰《かえ》ってきて、おじいさんおばあさんを喜《よろこ》ばしたんだよ。どうだい、おもしろ

▼**柴刈《しばか》り**
たきぎにする木《き》の枝《えだ》などを取《と》りに行《い》くこと。

日本一

かったかい、坊《ぼう》や、坊《ぼう》や。あれ、もう寝《ね》ちまったよ、子《こ》どもなんて罪《つみ》のないものだねぇ。」

という具合《ぐあい》だったんですが、今《いま》はそうはいきません。

「坊《ぼう》や、お父《とう》さんがおもしろい話《はなし》をしてあげるから早《はや》く寝《ね》な。」

「でもせっかく親《おや》がおもしろい話《はなし》をしてくれるのに寝《ね》ちゃ失《しつ》礼《れい》だよ。」

「失礼《しつれい》でもいいから寝《ね》なよ。あのね、昔《むかし》むかし……。」

「昔《むかし》むかしって何年位前《なんねんぐらいまえ》？」

「ずっと昔《むかし》だよ。」

「それじゃぁ、何世紀《なんせいき》のお話《はなし》？」

「何世紀《なんせいき》だっていいじゃないか。ある所《ところ》におじいさんとおばあさんがいたんだ。」

「ある所《ところ》ってどこ、おじいさんとおばあさんの本名《ほんみょう》は。」

「ある所《ところ》はある所《ところ》さ、おじいさんとおばあさんは名前《なまえ》はないんだよ。」

「でも名前《なまえ》のない人《ひと》なんていないよ。」

「貧乏《びんぼう》だから名前《なまえ》を売《う》っちゃったんだよ。」

「変《へん》な事《こと》をいってらぁ。」

「だまって聞《き》きなよ。おじいさんは山《やま》に柴刈《しばか》りに、おばあさんは川《かわ》に洗濯《せんたく》に行《い》ったんだ。おばあさんが洗濯《せんたく》をしていると大《おお》きな桃《もも》が流《なが》れてきたから、これを持《も》って帰《かえ》って割《わ》ってみると男《おとこ》の子《こ》が生《う》まれたから桃太郎《ももたろう》と名前《なまえ》をつけた。この子《こ》が大《おお》きくなると犬《いぬ》と猿《さる》と雉《きじ》を連《つ》れて鬼《おに》が島《しま》に鬼《おに》を退治《たいじ》にいったんだ。そして鬼《おに》を退治《たいじ》して宝物《たからもの》をたくさん持《も》って帰《かえ》って、おじいさんおばあさんを喜《よろこ》ばしたんだ……あれっ、まだ寝《ね》ないの

かい。」

「お父《とう》さんの話《はなし》を聞《き》いたら、さっきまでねむかったのに、かえって目《め》がさえちゃった。だってこのお話《はなし》は、もっと深《ふか》い意《い》味《み》があるんだよ。」

「ふうん、そうかい。」

「そうさ、話《はな》してあげようか君《きみ》い。」

「あれっ、親《おや》をつかまえて君《きみ》という奴《やつ》があるかい。まあ、話《はな》してごらん。」

「あのね、昔《むかし》むかしある所《ところ》にというのは、何時代《なにじだい》のどこと決《き》めてもいいんだけど、日本中《にほんじゅう》の子《こ》どもがこのお話《はなし》を聞《き》くわけでしょ、だから子《こ》どもたちに想像《そうぞう》させるためにわざとぼかしてあるんだよ。おじいさんとおばあさんというのは、本当《ほんとう》はお父《とう》さんお母《かあ》さんなんだけど、やわらかみを出《だ》すために、お

じいさんおばあさんにしてあるんだ。そして、それぞれ山《やま》と川《かわ》に行《い》くでしょ、あれはねぇ、父《ちち》の恩《おん》は山《やま》よりも高《たか》く、母《はは》の恩《おん》は海《うみ》よりも深《ふか》いということわざをあらわしているんだよ。そして海《うみ》のない地方《ちほう》もあるから、わかりいいように川《かわ》にしたんだ。」

「へぇえ、なるほど。これは大人《おとな》が聞《き》いてもためになるなぁ。」

「そうさ。桃《もも》の中《なか》から子《こ》どもが生《う》まれたっていうけど、あれは桃《もも》のようなかわいい赤《あか》ちゃんが生《う》まれたって事《こと》なんだよ。第一桃《だいいちもも》の中《なか》から本当《ほんとう》に赤《あか》ん坊《ぼう》が生《う》まれてごらん、果物屋《くだものや》は赤《あか》ん坊《ぼう》だらけになっちゃうよ。」

「なるほどなるほど、それから。」

「そんなに前《まえ》に乗《の》り出《だ》してこないでよ。そしてね、鬼《おに》が島《しま》に行《い》くというのは、つまり父母《ちちはは》のそばを離《はな》れて世間《せけん》に出《で》るという事《こと》なんだよ。犬《いぬ》、猿《さる》、雉《きじ》を連《つ》れて行《い》くというのは、犬《いぬ》は思《おも》いやりというものがある、むずかしい言葉《ことば》でいうと仁《じん》というんだ。猿《さる》には智恵《ちえ》がある、雉《きじ》は勇気《ゆうき》がある、つまり人間《にんげん》は世《せ》間《けん》に出《で》たら智仁勇《ちじんゆう》、この三《みっ》つを働《はたら》かせなくちゃいけない。そうすればだんだんに偉《えら》くなって、世間《せけん》から信用《しんよう》という宝物《たからもの》を得《え》る事《こと》が出来《でき》るという事《こと》なんだよ。それをお父《とう》さんみたいに、このお話《はなし》をしたんじゃ、このお話《はなし》の作者《さくしゃ》が泣《な》くよ。わかったかいお父《とう》さん、お父《とう》さん……あれっ、お父《とう》さん寝《ね》ちゃったよ。

へええ、大人《おとな》なんて罪《つみ》のないもんだ。」

▼世間《せけん》
世《よ》の中《なか》。

かぼちゃ屋《かぼちゃや》

「おい与太郎《よたろう》。お前《まえ》も二十才《はたち》だろう。」

「何《なん》だい、そのはたちっていうのは。」

「二十《にじゅう》の事《こと》を二十才《はたち》というんだ。」

「へええ、じゃぁ三十《さんじゅう》はいたちか。」

「そんな変《へん》なとしがあるかい。とにかく二十才《はたち》にもなって遊《あそ》んでちゃいけない、おじさんの商売《しょうばい》の八百屋《やおや》を手伝《てつだ》いな。そこに二《ふた》つ篭《かご》が出《で》ていてかぼちゃが入《はい》っている。大《おお》きいのが十《とお》に小《ちい》さいのが十《とお》、両方《りょうほう》で……。」

「うん、はたちある。」

「かぼちゃをはたちと数《かぞ》えるのはおかしいよ。元値《もとね》は大《おお》きいのが六文《ろくもん》、小《ちい》さいのが五文《ごもん》だから売《う》る時《とき》は上《うえ》を見《み》て売《う》るんだぞ。そこにある天秤棒《てんびんぼう》でかつぐんだ。」

「うん、上《うえ》を見《み》て売《う》ればいいんだ。」

▼**元値《もとね》**
品物《しなもの》を仕入《しい》れたもともとの値段《ねだん》。

▼**文《もん》**
むかしのお金《かね》の単位《たんい》。

▼**上《うえ》を見《み》て売《う》る**
元値《もとね》より高《たか》い値段《ねだん》で売《う》ること。

▼**天秤棒《てんびんぼう》**
両端《りょうたん》に荷物《にもつ》をかけて運《はこ》ぶための棒《ぼう》。棒《ぼう》の真《ま》ん中《なか》を肩《かた》にあてて、かつぐ。

「そうだ。わかったら早《はや》く行《い》ってこい。」

「へいへい。おじさんが呼《よ》んでるっていうから何《なに》かご馳走《ちそう》でもしてくれるのかと思《おも》ったら、かぼちゃを売《う》ることになっちゃった。いやんなっちゃうなぁ……。そうだ黙《だま》っていたんじゃ売《う》れないや、売《う》り声《ごえ》を出《だ》さなくちゃいけないな……、かぼちゃ……かぼちゃぁっ。」

「おおっ、おどかすなよ。いきなり後《うし》ろからかぼちゃっと大《おお》きな声《こえ》をされて、びっくりした。」

「あっはっは。かぼちゃを売《う》ってるんだ。」

「そうかい。それなら同《おな》じ売《う》り声《ごえ》でも、こういった方《ほう》が売《う》れるぞ、『とーなすやでござい』となあ。」

「そのとーりでござい。」

「おかしな奴《やつ》だな。」

▼とーなす（とうなす）
かぼちゃの別《べつ》の呼《よ》び方《かた》。

「ええ、とーなすやでござい、とーなすやとうなす。うふっ、だんだんうまくなってきた、とーなすやでござい……。あれっ、こんな狭《せま》い路地《ろじ》に入《はい》ってきちゃった。突《つ》き当《あ》たりは蔵《くら》があって行《い》き止《ど》まりだ、引《ひ》っ返《かえ》そう。あれあれっ？　天秤棒《てんびんぼう》に引《ひ》っ掛《か》かって回《まわ》れないや。よいしょっ、ゴッツン、前《まえ》の蔵《くら》をどけろいっ。よいしょっ、ゴッツン、路地《ろじ》を広《ひろ》げろい。よいしょよいしょ、ゴッツンゴッツン。」

「誰《だれ》だ誰《だれ》だ、家《うち》の格子《こうし》に何《なに》かぶつけてるのは。」

「大変《たいへん》だ、回《まわ》れなくなっちゃった、ゴッツン。」

「何《なん》だい、天秤棒《てんびんぼう》をかついだまま回《まわ》ろうとしてらぁ。おい、体《からだ》だけ回《まわ》ってみろ。」

「ああ回《まわ》れた。」

「当《あ》たり前《まえ》だ。何《なん》だお前《まえ》は、とうなす屋《や》か。」

▼路地《ろじ》
家《いえ》と家《いえ》との間《あいだ》のせまい道《みち》。

▼格子《こうし》
細《ほそ》い材木《ざいもく》や竹《たけ》をすき間《ま》をあけながらたてよこに組《く》んだもの。戸《と》などに使《つか》う。

「うん、とうなす買《か》ってくれ。」

「うん、俺《おれ》は好《す》きだから買《か》ってもいいが……。」

「そういえばガチャガチャに似《に》てらあ。」

「変《へん》なことをいうない。それでいくらだ。」

「大《おお》きいのが六文《ろくもん》で小《ちい》さいのが五文《ごもん》。」

「ふうん、安《やす》いな、買《か》ってやろう……。おいおいどこに行《い》くんだ。」

「うん、ここで上《うえ》を見《み》ているから、どれでも好《す》きなのを取《と》れ。」

「何《なん》だい変《へん》な売《う》り方《かた》だなあ……。ええ？　何《なに》ね、おもしろいとうなす屋《や》が来《き》てて、品物《しなもの》がよくって値《ね》が安《やす》いんだ。お前《まえ》さんも買《か》うかい、それじゃぁ持《も》って行《い》きな……、おやおや、ずいぶん大勢《おおぜい》来《き》たな。皆《みんな》も買《か》ってくれるのか、こりゃいそがし

▼ガチャガチャ
クツワムシのこと。クツワムシのオスは、ガチャガチャと鳴《な》く。クツワムシは、かぼちゃが好《す》き。

くなってきた……。おい、とうなす屋《や》、いつまでも変《へん》なかっこうしてないで、こっちに来《こ》い。全部売《ぜんぶう》れたよ、この金《かね》はお前《まえ》のだ。」

「へええ、なるほど、おじさんのいう通《とお》りだ。上《うえ》を見《み》てたら売《う》れたなあ。」

「おいおい、帰《かえ》るのか、それなら、ありがとうございますぐらいはいって行《い》け。」

「どういたしまして。」

「あれっ、あんなことをいってらぁ。」

「おじさぁん、行《い》ってきた。全部売《ぜんぶう》れちゃった。これがとうなす売《う》ったお金《かね》だ。」

「おいおい、お金《かね》を放《ほう》り出《だ》す奴《やつ》があるかい。しかし、お前《まえ》はなかなか商売《しょうばい》がうまいな、わずかの間《あいだ》に、あれだけのかぼ

ちゃを売《う》ってきたものなあ……。あれっお金《かね》が少《すこ》し足《た》りないようだ。」

「それで全部《ぜんぶ》だよ。」

「だが、これでは元値《もとね》の分《ぶん》だけだ、上《うえ》を見《み》た分《ぶん》はどうした。」

「そんなものはないよ、でも上《うえ》は見《み》たよ。表《おもて》に出《で》て上《うえ》を見《み》てたけど、何《なに》も落《お》ちてこなかった。」

「馬鹿野郎《ばかやろう》！　上《うえ》を見《み》ろというのは掛《か》け値《ね》をしろということだ。六文《ろくもん》は八文《はちもん》、五文《ごもん》は七文《ななもん》と二文《にもん》ずつでも掛《か》け値《ね》をすれば、いくらかでももうかる。それをただ空《そら》を眺《なが》めている馬鹿《ばか》がどこにある。そんな事《こと》で女房《にょうぼ》、子《こ》どもが養《やしな》えるかっ。」

「そんなもの、いないもの。」

「もし、いればという話《はなし》だ。かぼちゃをかつがしてやるから、もう一《いち》度《ど》行《い》ってこいっ。」

▼掛《か》け値《ね》をする
物《もの》を売《う》るとき、元値《もとね》より高《たか》い値段《ねだん》を付《つ》けること。

「また、こんなにかつがされちゃった。掛《か》け値《ね》なら掛《か》け値《ね》と、ちゃんといってくれなくちゃわからないよ……。今日《こんち》わあ、また来《き》たから買《か》ってくれえ。」

「よせよ、今買《いまか》ったばかりだ。」

「でもいいから買《か》いなよ。あれから帰《かえ》っておじさんにおこられちゃった、『元値《もとね》で売《う》る奴《やつ》があるか、六文《ろくもん》は八文《はちもん》、五文《ごもん》は七文《ななもん》と二文《にもん》ずつでも掛《か》け値《ね》をすれば、いくらかでももうかる、ただ空《そら》を眺《なが》めている馬鹿《ばか》がどこにある。女房《にょうぼ》、子《こ》どもが養《やしな》えるか』ってね。」

「そうかい、どうも変《か》わった奴《やつ》だと思《おも》ったらかわいそうにお前《まえ》は少《すこ》しおめでたいんだな。」

「ええ明《あ》けまして……。」

「年始《ねんし》じゃないよ。そうかい、それで、年《とし》はいくつだ。」

「ええと六十《ろくじゅう》。」

「よせよ、二十才《はたち》ぐらいにしか見《み》えないが。」

「そう、元《もと》は二十才《はたち》、四十《しじゅう》は掛《か》け値《ね》。」

「おいおい、としに掛《か》け値《ね》をする奴《やつ》があるかい。」

「でも、掛《か》け値《ね》しなくちゃ女房《にょうぼ》、子《こ》どもが養《やしな》えない。」

夏《なつ》ど《ど》ろ《ろ》

昔《むかし》は、勿論冷房装置《もちろんれいぼうそうち》などという物《もの》はありませんでしたから、夏《なつ》になると暑《あつ》いので、つい戸《と》じまりを忘《わす》れて寝《ね》てしまう家《うち》があって、とても不用心《ぶようじん》でした。まして、長屋《ながや》の連中《れんちゅう》などは貧《びん》乏《ぼう》で、泥棒《どろぼう》に入《はい》られても盗《ぬす》まれるような物《もの》はないからのんきなものです。しかし、中《なか》には、こういう所《ところ》に入《はい》る間抜《まぬ》けな泥《どろ》棒《ぼう》もおりまして、

「おやっ、どうもこの夜中《よなか》にガタガタ音《おと》がして変《へん》だと思《おも》ったら、泥棒《どろぼう》が入《はい》りかかっているな。へええ、俺《おれ》の家《うち》にまで泥棒《どろぼう》が入《はい》るようじゃ、なるほど金持《かねも》ちが心配《しんぱい》をするわけだ……。おやおや、戸《と》を開《あ》けて入《はい》ってきたのはいいが、足元《あしもと》がブルブル震《ふる》えてらぁ。あれっ、ゴツンと柱《はしら》に頭《あたま》をぶつけちゃったよ。おでこをさすってらぁ。」

「（情《なさ》けない声《こえ》で）し、静《しず》かにしろおぉ。」

「うん、俺《おれ》は静《しず》かにしてるが、お前《まえ》の方《ほう》がガタガタだのゴツンだのと、よっぽど騒《そう》ぞうしいや。」

「出《だ》せぇ。」

「何《なに》を。」

「泥棒《どろぼう》が出《だ》せといやぁ決《き》まってらぁ、金《かね》を出《だ》せてんだ。素直《すなお》に出《だ》さないと、この刀《かたな》で脇《わき》っ腹《ぱら》をズブリズブリとおみまい申《もう》すぞ。」

「ははあ、なるほど。ピカピカ光《ひか》っていてよく切《き》れそうだな。ちょうどいい。俺《おれ》は今《いま》、死《し》にたいと思《おも》っていたんだ。それじゃぁズブリズブリとやってもらおうか。さあっ、殺《ころ》せぇっ！」

「お、おい。大《おお》きな声《こえ》をするなよ、その声《こえ》を聞《き》いて誰《だれ》かに来《こ》られると困《こま》るよ。」

「困《こま》るのはお前《まえ》の方《ほう》で、こっちは、ちっとも困《こま》らない。さあっ、殺《ころ》せぇっ！」

「お、おい。よしなよ、そんな大《おお》きな声《こえ》をするなよ……。だけど、お前《まえ》は何《なん》だって死《し》にたいんだ。」

「うん、実《じつ》をいうと俺《おれ》は大工《だいく》なんだが、貧乏《びんぼう》で道具箱《どうぐばこ》を質《しち》に入《い》れちまったんだ。道具箱《どうぐばこ》がなくちゃ仕事《しごと》に行《い》かれない。仕《し》事《ごと》に行《い》かないと金《かね》がもらえない。金《かね》がもらえなければ食《く》う事《こと》が出来《でき》ない。食《く》う事《こと》が出来《でき》なければ生《い》きていても仕方《しかた》がない。だから死《し》にたいと物《もの》が順《じゅん》にいってるんだ。さあ、殺《ころ》してもらおう、殺《ころ》せぇっ！」

「そ、そんな声《こえ》を出《だ》すなよ……。じゃぁ何《なに》かい、道具箱《どうぐばこ》があれば仕事《しごと》に行《い》かれるんだな。ちぇっ、やっかいな家《うち》に入《はい》っちゃった（懐《ふところ》から金《かね》を出《だ》して）これだけあれば足《た》りるか。」

▼質《しち》に入《い》れる
お金《かね》を借《か》りるかわりに、品物《しなもの》をあずけること。

▼物《もの》が順《じゅん》にいっている
物事《ものごと》が順序正《じゅんじょただ》しくすすんでいる。

▼懐《ふところ》
着物《きもの》の胸《むね》のあたりの内側《うちがわ》。

「ええっ？　それじゃぁ、お前《まえ》がこの金《かね》をくれるのかい。本《ほん》当《とう》かい、嘘《うそ》じゃないだろうな。昔《むかし》から嘘《うそ》つきは泥棒《どろぼう》の始《はじ》まり……でも、お前《まえ》はもう泥棒《どろぼう》になってらぁ。」

「変《へん》な事《こと》をいうない。本当《ほんとう》にその金《かね》をやるんだよ。だから道《どう》具箱《ぐばこ》を出《だ》して、ちゃんと仕事《しごと》に行《い》けぇ。」

「そうかい、ありがとう。これさえあれば仕事《しごと》に行《い》け……やっぱりだめだ。道具箱《どうぐばこ》だけあっても着《き》る物《もの》がないんだ。半《はん》てん、腹《はら》がけ、ももひきも質《しち》に入《はい》ってるんだ。この金《かね》じゃそれを出《だ》すのに足《た》りないよ。やっぱり死《し》んだ方《ほう》がよさそうだ。殺《ころ》してくれっ、殺《ころ》せぇっ！」

「お、おい。よ、よしなよ。それじゃぁ（また金《かね》をやる）これだけあればいいだろう。」

「どうもすまないねぇ。これだけあれば道具箱《どうぐばこ》、半《はん》てん、腹《はら》

▼半《はん》てん
羽織《はおり》にも似《に》た、丈《たけ》の短《みじか》い上着《うわぎ》。

▼腹《はら》がけ
胸《むね》から腹《はら》を布《ぬの》でおおい、背中《せなか》でひもでとめる衣類《いるい》。職人《しょくにん》などが着《き》たもの。

がけ、ももひきを出《だ》して……弱《よわ》ったな。」

「何《なに》を弱《よわ》ってるんだい。」

「うん、せっかく道具箱《どうぐばこ》や着《き》る物《もの》を出《だ》す金《かね》をもらったんだが、俺《おれ》はここん所《ところ》、食《く》い物《もの》を食《く》ってないんだよ。腹《はら》がへっては戦《いくさ》は出来《でき》ないというたとえもあらぁ。仕事場《しごとば》に行《い》ってもフラフラしてたんじゃ仕事《しごと》にならないよ。仕事《しごと》が出来《でき》なければ、やっぱり死《し》んだ方《ほう》がよさそうだ。殺《ころ》してくれっ、殺《ころ》せぇ！」

「よ、よせよ。また始《はじ》めたな、悪《わる》い奴《やつ》だな。……それじゃぁ、これ（と財布《さいふ》をふるって）やるよっ、だから大《おお》きな声《こえ》を出《だ》すない。しかし、これで俺《おれ》はもう一文《いちもん》も持《も》ってないんだ。」

「そうかい、本当《ほんとう》にすまなかったね。ありがとう。」

「それじゃぁ、俺《おれ》はこれで帰《かえ》るから、いいかい、ちゃんと道《どう》具箱《ぐばこ》に仕事着《しごとぎ》を質屋《しちや》から出《だ》して、飯《めし》を食《く》って仕事《しごと》に行《い》けよ。」

▼ももひき
男《おとこ》が、今《いま》のズボンのようにはく衣類《いるい》。江戸時代《えどじだい》からあと、半《はん》てんと組《く》み合《あ》わせて、職人《しょくにん》や商人《しょうにん》が身《み》に着《つ》けた。下《した》のほうが細《ほそ》くなっている。

「わかったわかった。本当《ほんとう》にありがとう……おいっ、泥棒《どろぼう》っ！」

「おいっ。こんなに親切《しんせつ》にしてやったのに、何《なん》だってそんな大《おお》きな声《こえ》を出《だ》すんだっ。」

「すまねぇ、名前《なまえ》がわからなかったもんで、つい泥棒《どろぼう》と呼《よ》んだんだ。実《じつ》はもう一《ひと》つお願《ねが》いがあるんだが……。」

「よせよ、俺《おれ》はもう、本当《ほんとう》に一文《いちもん》なしだ。」

「今《いま》じゃないんだよ。これからも時々《ときどき》来《き》てもらいたいんだ。」

三《さん》人《にん》旅《たび》

「おい、文公《ぶんこう》が見《み》えないようだな。」

「そうだな、さっきあいつは足《あし》が痛《いた》いなんていってたが、どこへ行《い》っちまったんだろう（後《うし》ろをふり返《かえ》って）、ああ来《き》た来《き》た。おおい文公《ぶんこう》ぉぉ、早《はや》く来《き》なようぉ。」

「おおい、待《ま》ってくれぇぇ……どうにもこうにも、足《あし》がくたびれちまって、歩《ある》けないよ。」

「情《なさ》けないことをいうない。江戸《えど》を出《で》てから五日目《いつかめ》で、まだ小田原《おだわら》じゃないか。足《あし》の速《はや》い者《もの》ならとっくの昔《むかし》に箱根山《はこねやま》を越《こ》えてるんだ。しっかりしなくちゃだめだ。くたびれたような顔《かお》をするない。」

「顔《かお》はくたびれちゃいないよ、足《あし》で歩《ある》いてるんだもの。」

「当《あ》たり前《まえ》だい。口《くち》のへらないことをいうない。」

「口《くち》はへらないけど、腹《はら》がへった。」

▼江戸《えど》
東京《とうきょう》の古《ふる》い名前《なまえ》。

▼小田原《おだわら》
現在《げんざい》の神奈川県《かながわけん》にある町《まち》。小田原城《おだわらじょう》がある。江戸《えど》時代《じだい》は、宿屋《やどや》などのある東海道《とうかいどう》の宿場町《しゅくばまち》としても栄《さか》えた。

▼箱根山《はこねやま》
現在《げんざい》の神奈川県《かながわけん》と静岡県《しずおかけん》にある山《やま》。江戸時代《えどじだい》には、東海道《とうかいどう》の関所《せきしょ》があった。関所《せきしょ》は、旅人《たびびと》や荷物《にもつ》の検査《けんさ》をする役所《やくしょ》。

▼口《くち》のへらない
やりこめられても、またあれこれと言《い》い返《かえ》す。

「おやおや……おい、ごらんよ、東海道名代《とうかいどうなだい》の箱根山《はこねやま》が見《み》えてきたぜ。」

「なるほど、あれが箱根山《はこねやま》かあ。絵《え》で見《み》たことはあるが本物《ほんもの》は初《はじ》めてだ。それで、あの山《やま》をどうするんだい。」

「どうするって、越《こ》えるんだよ。」

「ふうん、それで道《みち》のりはどの位《くらい》あるんだい。」

「箱根八里《はこねはちり》というだろう。小田原《おだわら》から登《のぼ》って四里八丁《よりはっちょう》、三島《みしま》に下《くだ》って三里二十八丁《さんりにじゅうはっちょう》、合《あ》わせて八里《はちり》あるんだ。」

「へええ、昔《むかし》はずいぶん長《なが》い物指《ものさし》があったんだなぁ。」

「よせよ、そんな長《なが》い物指《ものさし》があるかい。一間《いっけん》の物指《ものさし》でも、一間《いっけん》ずつ一間《いっけん》ずつ測《はか》って、これが六十《ろくじゅう》集《あつ》まれば一町《いっちょう》だ、一町《いっちょう》が三十六《さんじゅうろく》集《あつ》まると一里《いちり》じゃないか。こうして測《はか》って算盤《そろばん》で足《た》せば自然《しぜん》にその道《みち》のりが出《で》てくるんだ。」

▼東海道名代《とうかいどうなだい》の
東海道《とうかいどう》で評判《ひょうばん》の高《たか》い、名高《なだか》い。

▼里《り》
一里《いちり》は、約四《やくよん》キロメートル。

▼町《ちょう》（丁《ちょう》）
一町《いっちょう》は、約百十《やくひゃくじゅう》メートル。

▼間《けん》
一間《いっけん》は、約百八十《やくひゃくはちじっ》センチメートル。

「ふうん、それじゃあ、箱根山《はこねやま》の目方《めかた》はどの位《くらい》ある？」

「変《へん》なことをきくな。箱根山《はこねやま》を量《はか》れるそんな大《おお》きな秤《はかり》があるかい。」

「そんな大《おお》きな秤《はかり》じゃなくても、一貫目《いっかんめ》ずつ一貫目《いっかんめ》ずつ量《はか》って、後《あと》で算盤《そろばん》で足《た》せば自然《しぜん》にその目方《めかた》が出《で》てくるだろう。」

「おい、受《う》けつけを代《か》わってくれよ。こいつと話《はなし》をしていると、頭《あたま》がおかしくなってくらぁ。」

「あっはっは。しかし、文公《ぶんこう》が足《あし》が痛《いた》いといってたが、俺《おれ》たちも少《すこ》しくたびれてきたようだな……おい、あそこに馬子《まご》さんがいるがどうだい、馬《うま》に乗《の》ろうか。」

「おおい、そこの三人連《さんにんづ》れのお客《きゃく》さんよぉう、馬《うま》やるべえか。」

「おい、気前《きまえ》のいい馬子《まご》さんだ、俺《おれ》たちに馬《うま》をくれるとさ。」

▼**目方《めかた》** 重《おも》さ。

▼**一貫目《いっかんめ》** 四《よん》キログラムに少《すこ》し足《た》りないぐらい。

▼**受《う》けつけを代《か》わってくれよ** 話《はなし》の相手《あいて》を代《か》わってくれよ。

▼**馬子《まご》** 馬《うま》に人《ひと》や荷物《にもつ》を乗《の》せて運《はこ》ぶ仕事《しごと》の人《ひと》。馬方《うまかた》。

「馬鹿《ばか》なこといわねぇもんだ。馬《うま》をあげるでねぇよ、乗《の》って下《くだ》せえ。」

「なんだい、くれるわけじゃないのか。乗《の》ってもいいが、馬《うま》は、三頭《さんとう》いるのかい。」

「ああ、ちゃんとおりますだ。今《いま》連《つ》れてくるで、待《ま》ってて下《くだ》せぇ……さあ、連《つ》れてきただ、乗《の》って下《くだ》せぇ。」

「ふうん。馬《うま》の顔《かお》はずいぶん長《なが》いな、丸顔《まるがお》の馬《うま》はいないのかい。」

「馬鹿《ばか》なことをいわねえで乗《の》って下《くだ》せぇよ……さあ、皆《みんな》乗《の》ったかね、それじゃあ出《で》かけるだよ。はいっはいっ、どうどう。」

「なあ馬子《まご》さん、馬《うま》に乗《の》ると急《きゅう》に背《せ》が高《たか》くなって、景色《けしき》がよく見《み》えるなあ……。」

「そうだんべぇ。また、この景色《けしき》が季節《きせつ》によって変《か》わるだよ。」

「へええ、するとあそこにある丸《まる》い山《やま》が、季節《きせつ》によって三角《さんかく》になったり四角《しかく》になったりするのかい？」

「何《なに》をいっとるだ、そうではねぇよ。咲《さ》いてる花《はな》が季節《きせつ》によって変《か》わるべえ、それで景色《けしき》が変《か》わるだよ。」

「ああそうか……おい、馬子《まご》さん、向《む》こうから馬《うま》をひっぱってくるのは、お前《まえ》さんたちの仲間《なかま》じゃないかい。」

「ああ、そうだよ……おおい、誰《だれ》かと思《おも》ったら佐吾十《さごじゅう》でねぇか。なんだぁ？　豆《まめ》の粕《かす》ぅ乗《の》っけて、館場《たてば》まで行《い》くのけぇ。おらたちはなあ、人間《にんげん》のかすぅ乗《の》っけてるだよ。」

「おい、なんだい、その人間《にんげん》のかすというのは。」

「あれっ、聞《き》こえたけぇ、聞《き》こえたら勘弁《かんべん》して下《くだ》せぇ、今《いま》の

▼**豆《まめ》の粕《かす》**
大豆《だいず》から油《あぶら》をしぼったあとのかす。動物《どうぶつ》のえさやひりょうなどに使《つか》われる。

▼**館場《たてば》**
江戸時代《えどじだい》、東海道《とうかいどう》など大《おお》きな道《みち》の途中《とちゅう》で、馬子《まご》たちが馬《うま》を止《と》めて休《やす》んだところ。

はおらたちの内証《ないしょう》ばなしだ。」

「大《おお》きな内証《ないしょう》ばなしだな。まあいいや、声《こえ》の大《おお》きな者《もの》に悪《わる》い奴《やつ》はいないというから、この馬子《まご》さんに頼《たの》もうかな。実《じつ》は馬子《まご》さん、俺《おれ》たちは次《つぎ》の宿場《しゅくば》の宿《やど》を決《き》めてあるわけじゃないんだ。そこで、馬子《まご》さんの知《し》っている宿《やど》を世話《せわ》してくれないかい。」

「ああ、そうでごぜぇますか。それなら鶴屋善兵衛《つるやぜんべえ》という宿《やど》があるだよ。大《おお》きな宿《やど》でな、風呂《ふろ》だって三人《さんにん》いっぺんに入《はい》れるだよ。」

「三人入《さんにんはい》れる風呂《ふろ》が大《おお》きい風呂《ふろ》だあ、冗談《じょうだん》いうないっ、江戸《えど》へ来《き》てみろ、千人《せんにん》も万人《まんにん》も入《はい》れらぁ。」

「あれっ、そんなに大《おお》きいのがあるのけえ。それ、風呂《ふろ》けえ。」

▼宿場《しゅくば》
東海道《とうかいどう》など大《おお》きな道《みち》の途中《ちゅう》で、宿屋《やどや》などのある町《まち》。

「いや、海《うみ》だ。」

「うふっ、海《うみ》なら当《あ》たり前《まえ》だよ。おもしろい客人《きゃくじん》だぁ。」

「しかし、後《うし》ろから来《く》る馬《うま》は遅《おそ》いようだな。」

「ああ、一番《いちばん》くたびれた人《ひと》の乗《の》った馬《うま》かね。あれは少《すこ》し遅《おく》れるかも知《し》んねえ。あの馬《うま》は足《あし》が悪《わる》いだよ。」

「へええ、さっきは文公《ぶんこう》が足《あし》が痛《いた》いといってたが、今度《こんど》は、馬《うま》かい。因縁《いんねん》というものは恐《おそ》ろしいもんだなあ……（後《うし》ろを向《む》いて）おおい、文公《ぶんこう》ぉ、お前《まえ》の乗《の》った馬《うま》はなあ、足《あし》が悪《わる》いとよぉ。」

「そうかい、どうも俺《おれ》も変《へん》だとは思《おも》ったんだ。体《からだ》が横《よこ》にかしぐもの。おいおい、父《とっ》つぁん、馬《うま》の手綱《たづな》を腰《こし》に結《ゆ》わえつけて腕組《うでぐ》みしながらのんきに歩《ある》いてるが、この馬《うま》は足《あし》が悪《わる》いというじゃないか。」

▼因縁《いんねん》 前々《まえまえ》からのかかわり。運命《うんめい》。

▼手綱《たづな》 馬《うま》の口《くち》にくわえさせた金具《かなぐ》に結《むす》び付《つ》け、馬《うま》を進《すす》めたり止《と》めたりするための綱《つな》。

「なぁに、そんなことはねぇ、片方《かたほう》が短《みじ》けぇだけだ。」

「それがいけないんだよ……おおい、待《ま》ってくれよぉう。いっしょに行《い》こうよぉ。」

「いいよぉ、俺《おれ》たちは先《さき》に行《い》くから後《あと》からゆっくり来《き》なよぉう。これも因縁《いんねん》だと思《おも》って、あきらめなよぉう。」

「ちぇっ、あんなことをいってらぁ。だけど、あいつらはあんな威勢《いせい》のいい馬《うま》に乗《の》ってよろこんでいるが、あれは今《いま》に振《ふ》り落《お》とされらあ。そこへいくと、俺《おれ》の乗《の》った馬《うま》は足《あし》が悪《わる》いから、そんなことはないよな、なあ馬子《まご》さん。」

「いや、それがそうでねぇ。この馬《うま》は何《なに》かにおどろくと、ひひーんと棹立《さおだ》ちになってかけ出《だ》すだよ。それがために足《あし》を悪《わる》くしただ。」

「へぇえ、本当《ほんとう》かっ。」

▼棹立《さおだ》ち
馬《うま》などが前足《まえあし》を上《あ》げ、後《うし》ろ足《あし》で立《た》つこと。

「ああ、足《あし》を悪《わる》くした時《とき》は、茶店《ちゃみせ》ののれんが風《かぜ》でひらひらっとしたのを見《み》て、馬《うま》めおどろいてな、棹立《さおだ》ちになったかと思《おも》うと、そのままかけ出《だ》しただ。野《の》でも山《やま》でも茨《いばら》でもおかまいなく突《つ》っ走《ぱし》って、見《み》ていても勇《いさ》ましかっただ。」

「感心《かんしん》してちゃいけないよ。それで、その後《あと》どうした。」

「うん。そのうちに地獄谷《じごくだに》という深《ふか》い谷《たに》があって、そこに落《お》ちただよ。だが、放《ほう》ってもおかれないから馬《うま》だけは引《ひ》きあげただ。」

「馬《うま》だけって……人《ひと》が乗《の》ってたのかい。それでその人《ひと》は……。」

「多分《たぶん》、おっ死《ち》んだだ。」

「冗談《じょうだん》じゃないよ。だけど、そんなことは滅多《めった》にはないんだろ。」

▼茨《いばら》
とげのある低《ひく》い木《き》。

「滅多《めった》にはねぇ。日《ひ》に一度《いちど》だけだ。」

「うわぁい。おろしてくれぇ、おろしてくれぇ。」

「うわっはっは。冗談《じょうだん》だよ、この馬《うま》はそんなことは出来《でき》ねぇだ。足《あし》が悪《わる》い上《うえ》に、眼《め》も悪《わる》いから。」

「なんだい、山本勘助《やまもとかんすけ》みたいな馬《うま》に乗《の》っちまった。」

▼山本勘助《やまもとかんすけ》
戦国時代《せんごくじだい》の武将《ぶしょう》、武田《たけだ》信玄《しんげん》につかえた伝説的《でんせつてき》な軍師《ぐんし》（いくさの作戦《さくせん》を考《かんが》える人《ひと》）。足《あし》と目《め》が悪《わる》かったという。

お化《ば》け長《なが》屋《や》

「杢兵衛《もくべえ》さん、いるかい。」

「誰《だれ》かと思《おも》ったら源《げん》さんか。まあ、こっちに上《あ》がんなよ。何《なに》か用《よう》かい。」

「うん、大家《おおや》の事《こと》なんだけどね。この長屋《ながや》の大家《おおや》くらい嫌《いや》な奴《やつ》はないね。ちょっとした事《こと》でもすぐに小言《こごと》をいってさあ。さっきもそうなんだよ。家《うち》の隣《となり》は今《いま》、空《あ》き家《や》になってるだろう。だからあの家《うち》の中《なか》に洗濯物《せんたくもの》を干《ほ》しておいたんだ。そしたら、それを大家《おおや》に見《み》られて、さんざ小言《こごと》をいわれちゃった。どうせ空《あ》いているんだから、しみったれな事《こと》をいわなくてもいいと思《おも》うんだがねぇ。」

「うん。あの大家《おおや》のしみったれは近所《きんじょ》でも評判《ひょうばん》だからなあ。」

「あんまりくやしいから、あの家《うち》を借《か》りにくる者《もの》があったら、何《なん》とかうまい事《こと》をいって断《ことわ》っちゃおうか。」

▼大家《おおや》
長屋《ながや》の管理人《かんりにん》さん。店賃《たなちん》と呼《よ》ばれた家賃《やちん》を集《あつ》めるなどの仕事《しごと》をする。町奉《まちぶ》行《ぎょう》の下《した》で町役人《ちょうやくにん》としての仕事《しごと》もした。

▼しみったれ
けち。けちくさい。

「そいつはおもしろそうだな。」

「私《あっし》の家《うち》は長屋《ながや》の一番《いちばん》入《い》り口《ぐち》にあるだろう。そこで大家《おおや》に用《よう》のある者《もの》はたいがい『大家《おおや》さんの家《うち》はどこです』と家《うち》に聞《き》きにくるんだよ。だから杢《もく》さんの事《こと》を大家《おおや》の番頭《ばんとう》で、長屋《ながや》の事《こと》は何《なん》でも相談《そうだん》してくれるんだ、というからね。うまい事《こと》をいって断《ことわ》ってもらいたいんだ。」

「ああ、いいよ。そういう事《こと》は大好《だいす》きなんだ。」

「それじゃぁ頼《たの》んだよ。」

「ごめん下《くだ》さい。あのう、この長屋《ながや》の大家《おおや》さんのお宅《たく》はどこか教《おし》えていただきたいんですが。」

「ああ、隣《となり》の空《あ》き家《や》を借《か》りにきたんですね。それじゃぁ、この並《なら》びの四軒目《よんけんめ》の家《うち》が大家《おおや》さんの番頭《ばんとう》で、古狸《ふるだぬき》の杢兵衛《もくべえ》さんという人《ひと》の家《うち》ですから行《い》ってごらんなさい。」

▼番頭《ばんとう》
仕事《しごと》をとりしきる人《ひと》。

▼古狸《ふるだぬき》
長《なが》く経験《けいけん》を積《つ》んで、ずるがしこくなっている人《ひと》。

「へえ、ありがとう存《ぞん》じます。……ごめん下《くだ》さい。あのう、古狸《ふるだぬき》の杢兵衛《もくべえ》さんのお宅《たく》はこちらですか。」

「何《なん》だいどうも。私《あたし》の事《こと》を皆《みんな》がかげで古狸《ふるだぬき》といってるのは知《し》っているが、面《めん》と向《む》かっていわれたのははじめてだ……。ええ、杢兵衛《もくべえ》は私《わたし》です。」

「これは、はじめまして。あのう、この長屋《ながや》にある空《あ》き家《や》をお借《か》りしたいと思《おも》って、やってきたんですが。」

「はあはあ、あの家《うち》ね。いいですよ。」

「貸《か》していただけますか、ありがとうございます。それで家《や》賃《ちん》はいくらでしょうか。」

「家賃《やちん》ねぇ。そんなものはいりません。」

「へええ、するとただでいいんですか?……でも、今《いま》どき家《や》賃《ちん》がただというのは何《なに》かわけでもあるんじゃないですか。」

「ええ、まあ、わけはないというと嘘《うそ》になりますから、一通《ひととお》りの話《はなし》はしてあげましょう。（急《きゅう》に小声《こごえ》になり、手《て》まねきをして）まあ、こっちにお上《あ》がりなさい。」

「へ、へえ。」

「あの家《うち》は、もと、亭主《ていしゅ》に死《し》なれたおかみさんが一人《ひとり》で住《す》んでおりましたが、ある晩《ばん》の事《こと》、泥棒《どろぼう》に入《はい》られましてね。すっかり荷物《にもつ》をこしらえて、これをしょって逃《に》げようとした時《とき》に、おかみさんが目《め》を覚《さ》ましました。ひょいと見《み》ると泥棒《どろぼう》がいるから、びっくりして思《おも》わず『キャーッ』と声《こえ》を立《た》てようとすると、泥棒《どろぼう》の方《ほう》だって大声《おおごえ》を立《た》てられては大変《たいへん》だから、逃《に》げようとするおかみさんの髻《たぶさ》をつかんで引《ひ》き戻《もど》し、持《も》っていた匕首《あいくち》で、（匕首《あいくち》を持《も》っている手《て》つきをして）乳《ちち》の下《した》をぐさりと突《つ》きました。」

▼髻《たぶさ》
髪《かみ》を頭《あたま》の上《うえ》に集《あつ》め、たばねたところ。

▼匕首《あいくち》
刀《かたな》のつばのない短刀《たんとう》。

「へ、へえへえ。（生唾《なまつば》をのむ）」

「これが、いわゆる致命傷《ちめいしょう》で、このおかみさんはかわいそうに殺《ころ》されました。それからというものは、あの家《うち》へ人《ひと》が越《こ》してくると、一日二日《いちにちふつか》は何事《なにごと》もないが三日四日《みっかよっか》とたつと、夜中《よなか》に、ひとりでに仏壇《ぶつだん》の鐘《かね》がチーンと鳴《な》ります。」

「か、鐘《かね》が……な、鳴《な》りますか。」

「すると、縁側《えんがわ》の障子《しょうじ》がスルスルスルッと、これもひとりでに開《あ》きます。そして血《ち》だらけになったこのおかみさんが、髪《かみ》をおどろに振《ふ》り乱《みだ》して『あなた、よく越《こ》してきてくれましたねぇ』といいながらゲタゲタゲタゲタッと笑《わら》って冷《つめ》たい手《て》で、越《こ》してきた人《ひと》の顔《かお》をすうっとなぜます。（と雑巾《ぞうきん》で顔《かお》をこする）」

「キャーッ。」

▼致命傷《ちめいしょう》
命《いのち》取《と》りの傷《きず》。

▼仏壇《ぶつだん》
位牌《いはい》（死《し》んだ人《ひと》の名前《なまえ》を書《か》いた木《き》の札《ふだ》）や仏像《ぶつぞう》をおさめるもの。

▼おどろ
髪《かみ》が、ぼうぼう乱《みだ》れ、もつれているようす。

「うふっ。何《なん》だい、あいつはよっぽどおどろいたとみえて、裸足《はだし》で表《おもて》に飛《と》び出《だ》していったよ。」

「杢《もく》さん、今《いま》、一人《ひとり》そっちに行《い》ったろう。もう追《お》っぱらったかい。」

「あははは、追《お》っぱらっちまったよ。怪談《かいだん》ばなしをしたら、よっぽど臆病《おくびょう》な奴《やつ》とみえて、『キャーッ』といって表《おもて》にかけ出《だ》していったよ。」

「へぇえ、そうかい……あれっ、こんな所《ところ》に財布《さいふ》が落《お》ちているよ。」

「うん、今《いま》の奴《やつ》がびっくりして飛《と》び上《あ》がったはずみに落《お》としていったんだろう。後《あと》で寿司《すし》でもとって食《た》べよう。あの家《うち》を借《か》りにくる奴《やつ》がいたら、どんどんよこしてくれ。」

「おいっ、たぬもくはいるかっ。お前《まえ》か、たぬもくてぇの

は。」

「たぬもく？　何《なん》だい、いう事《こと》は乱《らん》ぼうだな……。へえ、私《わたし》が杢兵衛《もくべえ》ですが。」

「なるほど、古狸《ふるだぬき》みたいな面《つら》をしてるな。この長屋《ながや》の空《あ》き家《や》は俺《おれ》が借《か》りてやるからありがたいと思《おも》え。家賃《やちん》など高《たか》い事《こと》をいうと張《は》り倒《たお》すぞっ。」

「ずいぶん乱《らん》ぼうな人《ひと》だな……へえ、あのう、家賃《やちん》でしたらいりません。」

「何《なに》をっ、家賃《やちん》はただでいいのかい。ありがたい、じゃぁすぐに越《こ》してくらぁ。」

「ちょ、ちょっと待《ま》って下《くだ》さい。家賃《やちん》がいらないというのには、わけがあるんです。」

「わかってるよ。どうせ、お化《ば》けか何《なに》かが出《で》るんだろう。」

「……そうです。そのお話《はなし》を一通《ひととお》りしますから。（急《きゅう》に陰気《いんき》な声《こえ》をして、手《て》まねきをしながら）まあ、こっちへお上《あ》がりなさい。」

「ちぇっ、変《へん》な手《て》つきをするない。上《あ》がりゃぁいいのかい。さあ、上《あ》がったよ。何《なん》でもいいや早《はや》く話《はな》せ、杢《もく》ちゃん。」

「どうもこの人《ひと》は話《はな》しにくいな……あの家《うち》は、もと、亭主《ていしゅ》に死《し》なれたおかみさんが一人《ひとり》で住《す》んでおりましたが、ある晩《ばん》の事《こと》、泥棒《どろぼう》に入《はい》られました。」

「プッ（とげんこつに息《いき》を吹《ふ》きつけて）で、その泥棒《どろぼう》を皆《みんな》で捕《つか》まえたのかい。」

「……いえ、そうじゃないんで。」

「何《なに》をっ、そうじゃない。この野郎《やろう》、同《おな》じ長屋《ながや》に住《す》まっていながら薄情《はくじょう》な奴《やつ》だな。」

「で、でも、その時《とき》、私《わたし》は泥棒《どろぼう》が入《はい》ったのに気《き》がつかなかったんで……。」

「嘘《うそ》をつけぇ。気《き》がついていても怖《こわ》いもんだから布団《ふとん》の中《なか》でガタガタ震《ふる》えてたんだろう。」

「べ、別《べつ》にそんなわけじゃありませんよ……そして、この泥棒《どろぼう》がすっかり荷物《にもつ》をこしらえて、これをしょって逃《に》げようとした時《とき》に、おかみさんが目《め》を覚《さ》ましました。」

「うんうん、それから。」

「ひょいと見《み》ると泥棒《どろぼう》がいるから、びっくりして思《おも》わず『キャーッ』と声《こえ》を立《た》てようとすると、泥棒《どろぼう》の方《ほう》も、大声《おおごえ》を立《た》てられては大変《たいへん》だから、逃《に》げようとするおかみさんの髻《たぶさ》をつかんで引《ひ》き戻《もど》し、持《も》っていた匕首《あいくち》で（前《まえ》と同《おな》じ手《て》つきをして）乳《ちち》の下《した》をぐさりと突《つ》きました。」

「この野郎《やろう》、その泥棒《どろぼう》というのはお前《まえ》だな。」

「冗談《じょうだん》いっちゃいけない。」

「だってそうだろう。その時《とき》の話《はなし》がいやにくわしいし、第一《だいいち》匕首《あいくち》を持《も》つ手《て》つきがうますぎらぁ。」

「（べそをかきながら）多分《たぶん》そうじゃないかと思《おも》っただけですよ……これが、いわゆる致命傷《ちめいしょう》で、このおかみさんはかわいそうに殺《ころ》されました。」

「うんうん、それからどうした。」

「あなた、そんなにおもしろそうな顔《かお》をして前《まえ》に出《で》てこないで下《くだ》さい……それからというものは、あの家《うち》へ人《ひと》が越《こ》してくると、一日二日《いちにちふつか》は何事《なにごと》もないが三日四日《みっかよっか》とたつと、夜中《よなか》に、ひとりでに仏壇《ぶつだん》の鐘《かね》がチーンと鳴《な》ります。」

「そりゃ、賑《にぎ》やかでいいや。」

「えへん（と変《へん》な顔《かお》をして咳払《せきばら》いをする）すると、縁側《えんがわ》の障《しょう》子《じ》がスルスルスルッと、これもひとりでに開《あ》きます。」

「へぇえ、便利《べんり》だなあ。俺《おれ》は夜中《よなか》に必《かなら》ず手洗《ちょうず》に起《お》きるんだ。その時《とき》にわざわざ障子《しょうじ》を開《あ》ける手間《てま》がはぶけらぁ。」

「えへん。（とまた変《へん》な顔《かお》をして）すると、血《ち》だらけになったこのおかみさんが、髪《かみ》をおどろに振《ふ》り乱《みだ》して『あなた、よく越《こ》してきてくれましたねぇ』といいながらゲタゲタゲタッと笑《わら》って冷《つめ》たい手《て》で越《こ》してきた人《ひと》の顔《かお》をすぅっと。（ぬれ雑《ぞう》巾《きん》で相手《あいて》の顔《かお》をこすろうとする）」

「この野郎《やろう》、何《なに》をしやがる。（と、ぬれ雑巾《ぞうきん》をひったくると、あべこべに顔《かお》をこする）それじゃぁ、すぐに越《こ》してくるからな。あばよっ。」

「ペッペッ。ああきたない……。」

▼手洗《ちょうず》
便所《べんじょ》。手洗《てあら》い。

「杢《もく》さん、もう一人《ひとり》あの家《うち》を借《か》りたいという奴《やつ》がそっちに行《い》ったろう。」

「ペッペッ。うん、来《き》た。」

「少《すこ》し乱《らん》ぼうな奴《やつ》だったが、うまく追《お》いかえしたかい。」

「だめ。」

「ええっ？」

「だめなんだよ。」

「だって、怪談《かいだん》ばなしをやったんだろう。」

「うん。やるにはやったんだが、それが、ちっとも怖《こわ》がらないんだよ。それどころか、幽霊《ゆうれい》が冷《つめ》たい手《て》で顔《かお》をなぜるというところで、ぬれ雑巾《ぞうきん》で顔《かお》をこすってやろうと思《おも》ったら、あべこべにこっちが顔《かお》をこすられちゃった。」

「おやおや。でも、また財布《さいふ》を落《お》としていかなかったかい。」

「財布《さいふ》……あっ、いけない。落《お》としていくどころか、さっきの財布《さいふ》を持《も》っていかれちまった。」

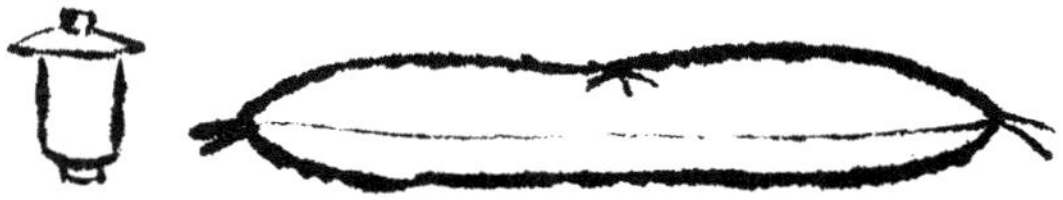

うちだし

落語《らくご》の演題《えんだい》

牧野節子《まきのせつこ》

『子《こ》ども寄席《よせ》』春夏編《はるなつへん》、いかがでしたか。思《おも》わずふきだしてしまう話《はなし》、ぞくっと背筋《せすじ》が寒《さむ》くなる話《はなし》、ほわんと心《こころ》があたたかくなる話《はなし》、さまざまな落語《らくご》のなかで、あなたがいちばん気《き》に入《い》った話《はなし》はどれだったでしょう。

寄席《よせ》では、何人《なんにん》もの落語家《らくごか》がかわるがわる登場《とうじょう》して、話《はなし》を演《えん》じます。寄席《よせ》の楽屋《がくや》には、「楽屋帳《がくやちょう》」というものがおいてあります。「ネタ帳《ちょう》」ともいって、その日《ひ》の出演者《しゅつえんしゃ》と、演《えん》じた話《はなし》の題《だい》を記《しる》していくノートです。

あとから楽屋《がくや》にきた落語家《らくごか》が、前《まえ》の演者《えんじゃ》がどんな落語《らくご》をしたのかを確認《かくにん》して、同《おな》じ話《はなし》や、似《に》たような話《はなし》をしないようにするためのものなんですね。

爆笑《ばくしょう》を誘《さそ》う話《はなし》、こわい話《はなし》、ほろりとする話《はなし》など、演者《えんじゃ》たちがバラエティーに富《と》んだ話《はなし》をすることで、観客《かんきゃく》はいろいろな落語《らくご》を楽《たの》しむことができるわけです。

落語《らくご》の題《だい》も、話《はなし》の内容《ないよう》にそったいろいろなものがあって、おもしろいですね。

「皿屋敷《さらやしき》」や「お化《ば》け長屋《ながや》」は、話《はなし》の背景《はいけい》となる場所《ばしょ》を題《だい》にしています。「元犬《もといぬ》」や「夏《なつ》どろ」は、「元《もと》は犬《いぬ》」「夏《なつ》のどろぼう」をきゅっと短《みじか》くつめた題《だい》。木村拓哉《きむらたくや》さんのことを「キムタク」といったり、ハリウッドスターのブラッド・ピットさんのことを「ブラピ」と呼《よ》んだりするのと似《に》た感《かん》じですね。

同《おな》じ落語《らくご》でも、東京《とうきょう》と上方《かみがた》（関西《かんさい》）では題《だい》がちがうものもあります。「夏《なつ》どろ」は、上方《かみがた》では「打飼盗人《うちかいぬすっと》」、「お化《ば》け長屋《ながや》」は「借家怪談《しゃくやかいだん》」として演《えん》じられています。「打飼《うちかい》」とは、お金《かね》などを入《い》れて腰《こし》に巻《ま》いて用《もち》いた袋《ふくろ》。おさいふですね。落語《らくご》に親《した》しむと、ことばの知識《ちしき》も自然《しぜん》と増《ふ》えていきそうです。

この文《ぶん》の見出《みだ》し「うちだし」は、寄席《よせ》の終演《しゅうえん》のこと。太鼓《たいこ》を打《う》って観客《かんきゃく》を送《おく》り出《だ》すところから、「打出《うちだ》し」といわれています。

太鼓《たいこ》の響《ひび》きが、きこえてきましたか。終《お》わりというのは、なんだか、さびしいものですね。いままで楽《たの》しい時間《じかん》をすごしてきたとあっては、なおさらです。でもご安心《あんしん》。この『子《こ》ども寄席《よせ》』は、春夏編《はるなつへん》にも秋冬編《あきふゆへん》にも、好《す》きな時間《じかん》に何度《なんど》でも入場《にゅうじょう》できます。そこが、本《ほん》のいいところですね。

六代目柳亭燕路《ろくだいめりゅうていえんじ》さんはきっと、みなさんが、いつでも、くり返《かえ》し楽《たの》しめるように、この「読《よ》む落語《らくご》」を書《か》かれたのだと思《おも》います。

（児童文学作家《じどうぶんがくさっか》）

作 家——六代目《ろくだいめ》 柳《りゅう》亭《てい》燕《えん》路《じ》

1934（昭和 9）年東京に生まれる。明治学院高校卒業。
1954 年五代目柳家小さんに入門、前座名小助。
1957 年二つ目昇進、柳家小団治となる。
1968 年真打昇進、六代目柳亭燕路を襲名。
落語史の研究と落語に関する著述に力を注ぎ、『落語家の歴史』（雄山閣）のほか、落語に関する雑誌原稿など多数。1991 年逝去。

画 家——二俣《ふたまた》英《えい》五郎《ごろう》

1932（昭和 7）年北海道小樽市に生まれる。日本美術会、リアリズム作家の会同人。絵本作品に『とりかえっこ』（さとうわきこ文　ポプラ社）、『こぎつねコンとこだぬきポン』（松野正子文　童心社）、『きつねのおきゃくさま』（あまんきみこ文　サンリード）、『十二支のはじまり』（岩崎京子文　教育画劇）のほか、民話、童話の挿絵など多数。

シリーズ本のチカラ
編集委員　石井　直人　宮川　健郎

※この作品は、1975年から、こずえより刊行されました。
※本文中のルビは、語り口調をいかしてつけられています。
※現在の人権意識から見て不適切な表現もありますが、作品が古典落語であることを考え合わせて、そのままにしました。

シリーズ 本のチカラ
子《こ》ども寄席《よせ》　春《はる》・夏《なつ》

2010年4月 5日　初版第1刷発行
2022年3月10日　第7刷発行

作　家　六代目柳亭燕路
画　家　二俣英五郎
発行者　河野晋三
発行所　株式会社 日本標準
〒167-0052　東京都杉並区南荻窪3－31－18
電話　03－3334－2241（代表）
ホームページ：http://www.nipponhyojun.co.jp/
装　丁　オーノリュウスケ
編集協力　株式会社本作り空Sola
印刷・製本　小宮山印刷株式会社

NDC 779/120P/22cm　ISBN978-4-8208-0443-7
◆ 落丁・乱丁本はおとりかえいたします。